ENCLAUSURADO

IAN McEWAN

Enclausurado

Tradução
Jorio Dauster

7ª reimpressão

Copyright © 2016 by Ian McEwan
Proibida a venda em Portugal

*Grafia atualizada segundo o Acordo Ortográfico da Língua Portuguesa de 1990,
que entrou em vigor no Brasil em 2009.*

Título original
Nutshell

Capa
Claudia Espínola de Carvalho

Ilustração da quarta capa
William Hunter, table 12, *The Anatomy of the Human Gravid Uterus Exhibited in
Figures* (1774)

Preparação
Ciça Caropreso

Revisão
Carmen T. S. Costa
Luciane Gomide Varela

Dados Internacionais de Catalogação na Publicação (CIP)
(Câmara Brasileira do Livro, SP, Brasil)

McEwan, Ian
  Enclausurado / Ian McEwan ; tradução Jorio Dauster. —
1ª ed. — São Paulo : Companhia das Letras, 2016.

  Título original: Nutshell
  ISBN 978-85-359-2801-3

  1. Ficção inglesa I. Título.

16-06574   CDD-823

Índice para catálogo sistemático:
1. Ficção: Literatura inglesa 823

Todos os direitos desta edição reservados à
EDITORA SCHWARCZ S.A.
Rua Bandeira Paulista, 702, cj. 32
04532-002 — São Paulo — SP
Telefone: (11) 3707-3500
www.companhiadasletras.com.br
www.blogdacompanhia.com.br
facebook.com/companhiadasletras
instagram.com/companhiadasletras
twitter.com/cialetras

Para Rosie e Sophie

Deus, eu poderia viver enclausurado dentro de uma noz e me consideraria um rei do espaço infinito — não fosse pelos meus sonhos ruins.

Shakespeare, *Hamlet*

1.

Então aqui estou, de cabeça para baixo, dentro de uma mulher. Braços cruzados pacientemente, esperando, esperando e me perguntando dentro de quem estou, o que me aguarda. Meus olhos se fecham com nostalgia quando lembro como vaguei antes em meu diáfano invólucro corporal, como flutuei sonhadoramente na bolha de meus pensamentos num oceano particular, dando cambalhotas em câmera lenta, colidindo de leve contra os limites transparentes do meu local de confinamento, a membrana que vibrava, embora as abafasse, com as confidências dos conspiradores engajados numa empreitada maléfica. Isso foi na minha juventude despreocupada. Agora, em posição totalmente invertida, sem um centímetro de espaço para mim, joelhos apertados contra a barriga, meus pensamentos e minha cabeça estão de todo ocupados. Não tenho escolha, meu ouvido está pressionado noite e dia contra as paredes onde o sangue circula. Escuto, tomo notas mentais, estou inquieto. Ouço conversas na cama sobre intenções letais e me sinto aterrorizado com o que me aguarda, pela encrenca em que posso me meter.

Estou mergulhado em abstrações, e só as crescentes relações entre elas criam a ilusão de um mundo conhecido. Quando ouço a palavra "azul", que nunca vi, imagino um tipo de acontecimento mental muito próximo de "verde" — que também nunca vi. Considero-me um inocente, descomprometido com lealdades e obrigações, um espírito livre, apesar do pouco espaço de que disponho. Ninguém para me contradizer ou repreender, sem nome nem endereço anterior, sem religião, sem dívidas, sem inimigos. Minha agenda, se existisse, registraria apenas meu futuro dia de nascimento. Sou, ou era, apesar do que dizem agora os geneticistas, uma lousa em branco. Mas uma lousa porosa e escorregadia, inútil para ser usada numa sala de aula ou no telhado de uma cabana, uma lousa que escreve por si mesma à medida que cresce a cada dia e se torna menos branca. Considero-me um inocente, mas tudo indica que participo de uma conspiração. Minha mãe, abençoado seja seu incansável e barulhento coração, parece estar envolvida.

Parece, Mãe? Não, *está* de fato. Você está. Está envolvida. Sei desde o meu começo. Deixe que eu o evoque, aquele momento de criação que chegou com meu primeiro pensamento. Faz muito tempo, muitas semanas atrás, meu circuito neural se fechou e se transformou em minha espinha, e meus muitos milhões de jovens neurônios, tão ativos quanto bichos de seda, fiaram e teceram, a partir de seus axônios em forma de cauda, o lindo tecido dourado da minha primeira ideia, uma noção tão simples que agora em parte me escapa. Era *eu*? Autoadmiração excessiva. Era *agora*? Dramática demais. Ou algo que antecedia ambas, continha ambas, uma só palavra acompanhada de um suspiro ou de um apagão mental de aceitação, de puramente ser, algo como — isto? Muito pedante. Por isso, chegando mais perto, minha ideia foi *Ser*. Ou, se não isso, sua variante gramatical, *é*. Esse foi meu conceito original, que tem na essência *é*. Apenas isso. Correspondendo a *Es muss sein*. O início da vida consciente foi o final da ilusão, a ilusão de não ser, e a erupção do real. O triunfo do realismo sobre a mágica, do *é* sobre o *parece*. Minha mãe *está* envolvida numa conspiração e, consequentemente, eu também estou, mesmo se meu papel consistir em fazê-la fracassar. Ou, como um tolo relutante, se me demorar demais aqui, então o de ir à forra.

Mas não me queixo diante da boa fortuna. Eu sabia desde o início, ao desembrulhar de seu tecido dourado meu presente de consciência, que poderia ter chegado a um lugar pior e em momento bem pior. Os elementos gerais já são claros, fazendo com que meus problemas domésticos sejam, ou devessem ser, insignificantes. Há muito que comemorar. Herdarei condições modernas (higiene, férias, anestésicos, lâmpadas de leitura, laranjas no inverno) e habitarei um canto privilegiado do planeta — a Europa Ocidental, bem alimentada e livre de pragas. A Velha Europa, esclerosada, relativamente bondosa, atormentada por seus fantasmas, vulnerável aos agressores, insegura de si mesma, destino preferido de milhões de infelizes. Minha vizinhança não será a próspera Noruega — minha primeira escolha por causa de seu gigantesco fundo soberano e generoso sistema de amparo social; nem minha segunda, a Itália, por causa da culinária local e da decadência ensolarada; nem mesmo minha terceira, a França, devido a seu *pinot noir* e jovial amor-próprio. Em vez disso, herdarei um reino em nada unido governado por uma rainha idosa e reverenciada, onde um príncipe que é também um homem de negócios, famoso por suas boas ações, seus elixires (essência de couve-flor para purificar o sangue) e intromissões inconstitucionais, aguarda com impaciência a coroa. Esse será meu lar, e vai dar para o gasto. Eu poderia ter vindo ao mundo na Coreia do Norte, onde a sucessão também é garantida, mas onde faltam liberdade e alimentos.

Como é que eu, nem mesmo jovem, nem mesmo nascido ontem, posso saber tanto ou saber o suficiente para estar errado sobre tantas coisas? Tenho minhas fontes, eu *escuto*. Minha mãe, Trudy, quando não está com seu amigo Claude, gosta de ouvir rádio e prefere programas de entrevistas a música. Quem, com o surgimento da internet, teria previsto o crescimento continuado do rádio ou o renascimento daquela expressão arcaica, "sem fio"? Acima da barulheira de máquina de lavar roupa que fazem estômago e intestinos, acompanho as notícias, origem de todos os pesadelos. Movido por uma compulsão que me faz mal, ouço com atenção as análises e os debates. As repetições de hora em hora e os resumos regulares a cada meia hora não me aborrecem. Tolero até o Serviço Mundial da BBC e as fanfarras pueris de clarins eletrônicos e xilofone que separam cada notícia. No meio de uma noite longa e serena, posso sapecar um bom pontapé em minha mãe. Ela acorda, perde o sono, liga o rádio. Uma maldade, eu sei, mas estamos os dois bem informados de manhã.

E ela gosta de áudios de palestras e livros de autoajuda — *Conheça seu vinho* em quinze partes —, biografias de dramaturgos do século XVII e de várias obras clássicas. O *Ulisses* de James Joyce a faz dormir, enquanto a mim entusiasma. Quando, nos primeiros dias, ela punha os fones de ouvido, eu ouvia claramente devido à eficiência com que as ondas sonoras viajam através do maxilar e da clavícula, descendo pela estrutura óssea e atravessando velozmente o nutritivo líquido amniótico. Até mesmo a televisão transmite a maior parte de sua escassa utilidade por meio de sons. Além disso, quando minha mãe e Claude se encontram, eles às vezes discutem a situação do mundo, em geral em tom de lamentação, embora planejem torná-lo ainda pior. Alojado onde estou, sem nada para fazer a não ser crescer meu corpo e minha mente, absorvo tudo, até mesmo as idiotices — que é o que não falta.

Porque Claude é um homem que gosta de se repetir. Um homem de reiterações. Ao apertar a mão de um desconhecido — ouvi isto duas vezes —, ele dirá: "Claude, como o Debussy". Não podia estar mais errado. Esse é Claude, um incorporador de imóveis que não compõe nada, que não inventa nada. Ele aprecia uma ideia, a enuncia em voz alta, depois a repete e — por que não? — a enuncia mais uma vez. Fazer o ar vibrar uma segunda vez com seu pensamento é parte inseparável de seu prazer. Ele sabe que você sabe que ele está se repetindo. O que ele não sabe é que você não aprecia isso tanto quanto ele. Aprendi numa palestra da série Reith que isso se chama uma questão de referência.

Aqui está um exemplo tanto dos discursos de Claude e de como coleto informações. Ele e minha mãe combinaram por telefone (ouço as duas partes) se encontrarem à noite. Não me levando em consideração, como de hábito — um jantar à luz de velas para dois. Como sei sobre a iluminação? Porque, ao serem levados a seus lugares, ouço minha mãe reclamar que as velas estão acesas em todas as mesas menos na deles.

Segue-se um arquejo irritado de Claude, um estalar imperioso de dedos secos, uma espécie de murmúrio obsequioso, assim imagino, de um garçom curvado sobre a mesa, o raspar de um isqueiro sendo aceso. É o que eles desejam, um jantar à luz de velas. Só falta a comida. Mas eles têm no colo os pesados cardápios — sinto a borda inferior do cardápio de Trudy pressionando a parte de baixo de minhas costas. Agora sou obrigado a ouvir mais uma vez a dissertação de Claude sobre itens do menu, como se ele fosse a primeira pessoa a notar aqueles absurdos insignificantes. Demora-se nos comentários sobre "fritado na frigideira". De que serve a menção a *frigideira* senão para tapear o cliente sobre o fato de que se trata de uma corriqueira e pouco salutar *fritura*? Onde mais seria possível preparar vieiras com pimenta e suco de limão? Num timer de cozinha? Antes de seguir adiante, ele repete isso com variações de ênfase. Depois, seu outro item predileto, uma importação americana, "cortada à faca". Começo a recitar silenciosamente seus comentários antes mesmo que ele os faça, quando uma ligeira alteração em minha orientação vertical me diz que minha mãe está se inclinando para a frente a fim de pousar um dedo sobre o pulso dele e fazê-lo parar, enquanto, com voz doce, pede: "Escolha o vinho, querido. Um magnífico".

Gosto de compartilhar uma taça com minha mãe. Você talvez nunca tenha experimentado, ou já terá esquecido, um bom Borgonha (o preferido dela) ou um bom Sancerre (também seu preferido) decantado através de uma placenta saudável. Antes mesmo que o vinho chegue — nessa noite um Jean-Max Roger Sancerre —, ao som da rolha ser retirada eu o sinto no rosto como a carícia de uma brisa de verão. Sei que o álcool reduzirá minha inteligência. Reduz a inteligência de todo mundo. Mas, ah, um *pinot noir* alegre e rosado ou um Sauvignon com toques de groselha me fazem dar saltos e cambalhotas em meu mar secreto, ricocheteando nas paredes de meu castelo, desse castelo elástico que é meu lar. Ou assim era quando eu tinha mais espaço. Agora usufruo meus prazeres de forma tranquila, e na segunda taça minhas especulações florescem com aquela liberdade chamada poesia. Meus pensamentos se desdobram em bem torneados pentâmetros, com as frases cabendo em cada verso ou transbordando para o verso seguinte a fim de oferecer uma variedade agradável. Mas ela nunca toma uma terceira taça, o que me deixa furioso.

"Preciso pensar no bebê", ouço-a dizer enquanto cobre a taça com uma mão puritana. É quando sinto vontade de pegar meu cordão oleoso, como se fosse um cordão de veludo de uma mansão campestre com muitos criados, e puxar com força para ser servido. Vamos lá! Mais uma rodada para os amigos!

Mas não, ela se contém por me amar. E eu a amo — como poderia não amá-la? A mãe que ainda vou encontrar, que só conheço por dentro. Não basta! Quero ver a parte de fora. As superfícies são tudo. Sei que tem cabelo louro, "cor de palha clara", que cai em "cachos revoltos" até seus "ombros brancos como a polpa de uma maçã", porque meu pai leu para ela, na minha presença, um poema dele que dizia isso. Claude também se referiu ao cabelo dela, mas de forma menos engenhosa. Quando ela está disposta, faz tranças bem apertadas em volta da cabeça, segundo meu pai no estilo Yulia Tymoshenko. Também sei que minha mãe tem olhos verdes, que seu nariz "é um botão de madrepérola", que ela gostaria que ele fosse maior, que os dois homens o adoram do jeito que ele é e que tentaram convencê-la disso. Ela já escutou muitas vezes que é bonita, mas continua cética, o que lhe confere um poder inocente sobre os homens, como meu pai lhe disse uma tarde na biblioteca. Ela respondeu que, se aquilo era verdade, era um poder que ela jamais buscara e que não desejava ter. Essa foi uma conversa incomum entre eles, e ouvi com muita atenção. Meu pai, que se chama John, disse que, se tivesse tal poder sobre ela ou sobre as mulheres em geral, não se imaginaria abrindo mão dele. Com base no movimento ondular que por um instante afastou meu ouvido da parede, deduzi que ela reagira com um enfático dar de ombros, como se dissesse que os homens eram mesmo diferentes. E daí? Além do mais, ela disse a ele em voz alta, o poder que ela supostamente tinha era apenas o que os homens lhe atribuíam em suas fantasias. Então o telefone tocou, meu pai se afastou para ir atender, e essa conversa rara e interessante sobre as pessoas que têm poder jamais foi retomada.

Mas voltemos à minha mãe, à minha infiel Trudy, cujos braços e seios cor da polpa de maçã e olhos verdes desejo profundamente conhecer, cuja inexplicável necessidade de Claude antecede meu primeiro clarão de consciência, meu primordial *ser*, e que frequentemente fala com ele, e ele com ela, em sussurros na cama, em sussurros nos restaurantes, em sussurros na cozinha, como se ambos suspeitassem de que úteros têm ouvidos.

Eu costumava pensar que a discrição deles se devia apenas à natural intimidade amorosa. Mas agora tenho certeza. Eles evitam usar suas cordas vocais porque estão planejando um acontecimento tétrico. Se der errado, eu os ouvi dizer, suas vidas estarão arruinadas. Acreditam que, se vão seguir em frente, devem agir depressa, logo. Dizem um ao outro para serem calmos e pacientes, lembram um ao outro do custo que o fracasso do plano representaria, de que há várias etapas, que uma deve estar ligada à anterior, que se uma única falhar todas falharão "como lâmpadas velhas de árvores de Natal" — comparação incompreensível feita por Claude, que raramente diz alguma coisa obscura. O que eles pretendem fazer os repugna e amedronta, e nunca falam da coisa diretamente. Em vez disso, envoltos em sussurros, trocam elipses, eufemismos, aporias, depois dão tossidinhas e mudam de assunto.

Numa noite quente e irrequieta da semana passada, quando achei que os dois dormiam havia muito tempo, minha mãe disse de repente na escuridão, duas horas antes de o sol nascer de acordo com o relógio do escritório de meu pai no andar de baixo, "Não podemos fazer isso".

E de pronto Claude disse num tom de voz normal: "Podemos". E depois de um instante de reflexão: "Podemos, *sim*".

2.

Vejamos agora meu pai, John Cairncross, um homenzarrão, a outra metade de meu genoma, cujas voltas helicoidais do destino me interessam grandemente. É só em mim que meus pais se unem, doce, acremente, ao longo de estruturas separadas de açúcar e fosfato, a receita para a essência de quem eu sou. Também uno John e Trudy em meus devaneios — como toda criança com pais separados, desejo muito fazer com que voltem a se casar, formando aquele par básico em que meu genoma estará projetado nas circunstâncias externas.

Meu pai vem até nossa casa de tempos em tempos, o que me deixa muito feliz. Às vezes traz para ela vitaminas de frutas de sua loja preferida na Judd Street. Ele tem um fraco por essas bebidas viscosas que supostamente garantem uma vida mais longa. Não sei por que vem nos ver, pois sempre vai embora em meio a nuvens de infelicidade. Várias das minhas conjecturas se comprovaram erradas no passado, mas escuto com atenção e agora deduzo o seguinte: ele não sabe nada de Claude, continua amando minha mãe loucamente, tem a esperança de que voltem a ficar juntos em breve, ainda crê na história contada por ela de que a separação tem por objetivo dar a cada um deles "tempo e espaço para crescerem" e renovarem seus laços. Que ele é um poeta sem renome e, no entanto, persiste. Que é o proprietário e gerente de uma editora paupérrima que publicou as primeiras coletâneas de poetas de sucesso e grande fama, até mesmo um ganhador do prêmio Nobel. Quando a reputação deles cresce, eles vão embora como filhos adultos que se mudam para casas maiores. Que ele aceita a deslealdade dos poetas como um fato da vida e, como um santo, se deleita com os elogios de quem reconhece os serviços prestados pela Cairncross Press. Que seu fracasso na poesia o entristece mais que o amargura. Uma vez ele leu em voz alta para Trudy e para mim uma resenha crítica de seus versos, onde se dizia que seus poemas eram antiquados, excessivamente formais e demasiado "bonitos". Mas ele vive para a poesia, ainda recita versos para minha mãe, dá aulas sobre o assunto, escreve resenhas, conspira a favor do progresso de poetas mais jovens, participa de comissões que concedem prêmios, promove a poesia em escolas, escreve ensaios para revistas menores, já falou do assunto no rádio. Trudy e eu o ouvimos uma vez de madrugada. Ele tem menos dinheiro que Trudy e muito menos que Claude. Sabe de cor mil poemas.

Essa é a minha coleção de fatos e postulados. Curvado sobre eles como um pacato filatelista, acrescentei outros itens a meu álbum. Ele sofre de um problema de pele, psoríase, que cria escamas duras e vermelhas em suas mãos. Trudy odeia a aparência dessas escamas e qualquer contato com elas, dizendo que meu pai deveria usar luvas. Ele se recusa. Alugou por seis meses um apartamento ordinário de três cômodos em Shoreditch, está endividado e acima do peso, deveria se exercitar mais. Ontem mesmo adquiri um selo muito raro, com carimbo e tudo: a casa em que minha mãe mora, e eu dentro dela, a casa que Claude visita todas as noites, é uma ruína georgiana no elegantíssimo Hamilton Terrace e onde meu pai passou a infância. Com quase trinta anos e ao deixar crescer a barba pela primeira vez, não muito depois de se casar com minha mãe, ele herdou da família essa mansão. Sua querida mãe tinha morrido fazia muito tempo. Todos concordam que a casa é uma pocilga. Só clichês podem descrevê-la: paredes prestes a desabar, pintura descascando, tudo caindo aos pedaços. No inverno, as cortinas às vezes ficam congeladas; quando chove muito, os canos, como bancos honestos, devolvem com juros tudo que receberam; no verão, como bancos desonestos, fedem. Mas, veja, aqui na minha pinça tenho o selo mais raro do mundo: mesmo podre como está, este imóvel infecto de quinhentos e sessenta metros quadrados vale sete milhões de libras esterlinas.

A maioria dos homens, das pessoas, nunca permitiria que um cônjuge as expulsasse da casa onde foram criadas. John Cairncross é diferente. Eis aqui minhas deduções razoáveis. Nascido sob a influência de um planeta prestativo, desejoso de agradar, bom demais, sério demais, ele nada tem da serena cobiça dos poetas ambiciosos. Realmente crê que escrever um poema louvando minha mãe (seus olhos, cabelo, lábios) e vir lê-lo em voz alta para agradá-la o torna bem-vindo em sua própria casa. Mas ela sabe que seus olhos nada têm a ver com "a grama de Galway" (que ele acredita "muito verde") e, como ele não tem sangue irlandês, o verso é anêmico.

Sempre que ela e eu o escutamos, sinto em seu coração de batimentos cada vez mais lentos um véu de enfado impedi-la de ver o que há de patético na cena — um homem grande e de grande coração lutando por uma causa sem esperança com uma arma tão fora de moda como um soneto.

Mil talvez seja exagero. Muitos poemas que meu pai sabe de cor são longos, como aquelas famosas criações de bancários, *A cremação de Sam McGee* e *A terra devastada*. Trudy continua a tolerar recitações ocasionais. Para ela, um monólogo é melhor que uma troca de palavras, preferível a mais um passeio pelo jardim cheio de ervas daninhas do casamento deles. Talvez ela o suporte por um sentimento de culpa ou pelo que resta dele. Meu pai recitar poesia para ela parece ter sido parte de um ritual do relacionamento amoroso deles. Estranho que Trudy não consiga lhe dizer o que ele já deve suspeitar, o que ela com certeza lhe revelará. Que não o ama mais. Que tem um amante.

Hoje, no rádio, uma mulher contou que atropelou um cachorro, um golden retriever, à noite, numa estrada deserta. Sob a luz dos faróis, agachou-se ao lado dele, segurando a pata do animal que agonizava em espasmos de dor e medo. Grandes olhos castanhos lançavam-lhe olhares de perdão o tempo todo. Com a mão livre, ela pegou uma pedra e atingiu várias vezes o crânio do pobre cão. Para se livrar de John Cairncross bastaria um único golpe, um *coup de vérité*. Em vez disso, quando ele começa a recitar, Trudy assume seu jeito afável de ouvir. Eu, contudo, escuto com atenção.

Geralmente vamos à biblioteca de poesia de meu pai no térreo. Sobre o console da lareira, um relógio com um balancim ruidoso emite o único som enquanto ele ocupa sua cadeira de sempre. Aqui, na presença de um poeta, permito que minhas conjecturas floresçam. Caso meu pai olhe para cima a fim de organizar os pensamentos, verá a deterioração dos adornos no teto. O estrago espalhou uma camada fina de gesso, como açúcar de confeiteiro, sobre a lombada de livros famosos. Minha mãe limpa sua cadeira com a mão antes de sentar. Sem floreios, meu pai respira fundo e começa. Recita com fluência, sem sentimento. A maioria dos poemas modernos não me mobiliza. Muito sobre o próprio autor, absoluta frieza com relação aos outros, queixas em demasia em versos curtos. Mas John Keats e Wilfred Owen são como abraçar um irmão, sinto em meus lábios a respiração deles. O beijo deles. Quem não gostaria de ter escrito *"doce de maçã, marmelo, ameixa e abóbora"* ou *"as testas pálidas das moças serão suas mortalhas"*?

Eu a visualizo do outro lado da biblioteca pelos olhos daquele que a adora. Ela está sentada numa poltrona enorme de couro que data dos tempos de Freud em Viena. A maior parte de suas pernas delgadas e sem meia está lindamente dobrada sob o corpo. Um cotovelo se firma no braço da poltrona a fim de apoiar a cabeça inclinada, os dedos da mão livre tamborilam de leve no tornozelo. Faz calor no fim de tarde, as janelas estão abertas, o tráfego de St. John's Wood emite um zumbido ameno. A expressão dela é pensativa, o lábio inferior parece pesado. Ela o umedece com uma língua perfeita. Alguns poucos cachos dourados e ligeiramente molhados de suor colam-se ao pescoço. O vestido de algodão, suficientemente largo para me conter, é verde-claro, mais claro que seus olhos. A gravidez segue seu curso e ela está cansada, mas de uma forma branda. John Cairncross nota o rubor de verão em sua face, a encantadora linha do pescoço e do ombro, os seios intumescidos, o montinho esperançoso que sou eu, os tornozelos pálidos que não apanham sol, a sola sem rugas de um pé exposto, sua fileira de dedos inocentes que vão diminuindo de tamanho como crianças numa foto de família. Tudo nela, ele pensa, tornado perfeito por seu estado.

Ele não consegue entender que ela está esperando que ele vá embora. Que é perverso, da parte dela, insistir que ele more em outro lugar agora que a gravidez está no terceiro trimestre. Será que ele pode ser tão cúmplice de seu próprio aniquilamento? Um sujeito tão grande, pelo que ouvi dizer de um metro e noventa, um gigante com pelos negros e abundantes nos braços poderosos, um bobalhão gigantesco que acredita que é sábio oferecer à sua mulher o "espaço" que ela diz necessitar. Espaço! Ela devia é vir aqui dentro, onde ultimamente mal consigo dobrar um dedo. No linguajar de minha mãe, espaço, sua necessidade de espaço, é uma metáfora retorcida, se não um sinônimo, de ser egoísta, malvada, cruel. Mas, espere, eu a amo, ela é a minha divindade e preciso dela. Retiro tudo o que disse! Falei por me sentir angustiado. Estou tão iludido quanto meu pai. É verdade. Sua beleza, distanciamento e determinação são inseparáveis.

Acima dela, tal como o vejo, o teto em decomposição da biblioteca lança de repente uma nuvem de partículas que giram e reluzem ao atravessar um feixe de luz do sol. E como minha mãe também reluz em contraste com o couro marrom cheio de estrias na poltrona onde Hitler, Trótski ou Stálin poderiam ter se refestelado em seus dias vienenses, quando não passavam de embriões das pessoas que viriam a ser, eu entrego os pontos. Pertenço a ela. Se me ordenasse, eu também iria para Shoreditch lamber minhas feridas no exílio. Nenhuma necessidade de cordão umbilical. Meu pai e eu estamos juntos num amor sem esperança.

Apesar de todas as sinalizações — respostas bruscas, bocejos, desatenção geral —, ele vai ficando até o começo da noite, na expectativa de, quem sabe, jantar. Mas minha mãe está à espera de Claude. Por fim enxota o marido declarando que precisa descansar. Leva-o até a porta. Quem poderia ignorar a tristeza na voz dele ao fazer seus ensaios de despedida! Me dói pensar que ele se sujeita a qualquer humilhação a fim de passar mais alguns minutos na presença dela. Nada, exceto seu temperamento, o impede de fazer o que outros fariam — caminhar à frente dela até o quarto principal, ao cômodo onde ele e eu fomos concebidos, espichar-se na cama ou na banheira em meio a nuvens desafiadoras de vapor, depois convidar alguns amigos, servir vinho, ser o dono de sua casa. Em vez disso, espera obter sucesso usando de bondade, se anulando e se mostrando sensível às necessidades dela. Espero estar errado, mas acho que vai fracassar duplamente, porque ela continuará a desprezá-lo por sua fraqueza, e ele vai sofrer ainda mais do que devia. Suas visitas não terminam, elas se extinguem aos poucos. Ele deixa na biblioteca um campo vibrante de desconsolo, uma forma imaginada, um holograma de desapontamento ocupando a cadeira.

Agora estamos chegando à porta da frente enquanto ela o conduz para fora da casa. Toda essa deterioração foi discutida muitas vezes. Sei que uma dobradiça dessa porta se despregou do batente de madeira. Os carunchos transformaram a arquitrave em poeira compacta. Alguns ladrilhos do assoalho se foram, outros estão rachados — em estilo georgiano, um padrão colorido em forma de diamante, impossível de ser substituído. Ocultando essas ausências e rachaduras, sacos plásticos com garrafas vazias e comida apodrecendo. Espalhados pelo chão, os emblemas da sujeira doméstica: guimbas de cigarro, pratos de papel com ferimentos horríveis de ketchup, saquinhos balouçantes de chá parecendo sacas de cereais que camundongos ou gnomos poderiam entesourar. Trudy sabe que não compete a uma grávida levar o lixo para as latas grandes e altas de rodinhas. Poderia perfeitamente pedir a meu pai que limpasse o vestíbulo, mas não faz isso. Tarefas domésticas poderiam conferir direitos à casa. E ela é bem capaz de estar arquitetando uma história esperta sobre ter sido abandonada. Nesse sentido, Claude continua sendo um visitante, alguém de fora, mas o ouvi dizer que arrumar um canto da casa tornaria mais visível o caos no resto. Apesar da onda de calor, estou bem protegido do mau cheiro. Minha mãe reclama dele quase todo dia, mas sem vigor. Trata-se apenas de um aspecto da decadência da casa.

Talvez ela ache que uma porção de iogurte no sapato dele ou a visão de uma laranja coberta de lanugem cor de cobalto junto ao rodapé possam abreviar as despedidas de meu pai. Ela se engana. A porta está aberta, ele na soleira, ela e eu no vestíbulo. Claude deve chegar dentro de quinze minutos. Às vezes vem mais cedo. Por isso Trudy está agitada, mas decidida a parecer sonolenta. Está pisando em ovos. Um pedaço quadrado de papel gorduroso, que no passado embrulhou um tablete de manteiga sem sal comprado no campo, ficou preso debaixo da sandália dela e lambuzou seus dedos do pé. Ela em breve contará isso a Claude de maneira divertida.

Meu pai diz: "Olha, precisamos realmente conversar".

"Tudo bem, mas não agora."

"Ficamos sempre adiando."

"Impossível explicar como estou cansada. Você não faz ideia do que é. Preciso mesmo me deitar."

"Claro. Por isso é que estou pensando em voltar para cá, assim posso..."

"Por favor, John, agora não. Já falamos sobre isso. Preciso de mais tempo. Tente ter mais consideração. Estou carregando seu filho, lembra? Esse não é o momento de pensar em si mesmo."

"Não gosto de saber que você está aqui sozinha quando eu poderia..."

"John!"

Ouço o suspiro dele enquanto lhe dá um abraço tão apertado quanto ela permite. Em seguida, sinto o braço dela se estender para pegar o pulso de John, evitando cuidadosamente, assim imagino, suas mãos detestáveis, fazê-lo se virar e, com doçura, empurrá-lo em direção à rua.

"Querido, por favor, agora *vá embora*..."

Mais tarde, enquanto minha mãe se reclina, irritada e exausta, eu mergulho em especulações filosóficas. Que tipo de pessoa é ele? Será que o grande John Cairncross é nosso emissário para o futuro, o tipo de homem que acaba com as guerras, com a pilhagem e a escravidão, que se põe em pé de igualdade com as mulheres do mundo e cuida delas? Ou ele será esmagado pelos bárbaros? Vamos descobrir.

3.

Quem é Claude, esse impostor que se infiltrou como um verme em minha família e em meus sonhos? Ouvi isto uma vez e tomei nota: um *ignorantão*. Todas as minhas perspectivas futuras estão afetadas. A existência dele se choca com o direito que tenho a uma vida feliz sob os cuidados dos meus dois pais. A menos que eu invente algum plano. Ele enfeitiçou minha mãe e expulsou meu pai. Os interesses dele não podem ser os meus. Ele vai me esmagar. A menos que, a menos que, a menos que... a sombra de uma palavra, o sinal fantasmagórico de um destino alterado, um tênue fiapo de esperança percorrem minha mente como um desses pontinhos flutuantes no humor vítreo do olho. Mera esperança.

E Claude, como um desses pontinhos, quase não é real. Nem mesmo um aproveitador notável, um patife sorridente. Em vez disso, um chato a ponto de ser brilhante, insípido até não poder mais, de uma banalidade tão extraordinária quanto os arabescos da Mesquita Azul. Trata-se de um homem que assobia o tempo todo, não melodias, e sim jingles de televisão ou toques de celular, que ilumina uma manhã com o escárnio de Tárrega produzido pela Nokia. Cujos comentários repetidos, sem graça ou razão de ser, escorrem de sua boca como baba; cujas frases indigentes morrem como pintinhos órfãos, se perdendo no vazio. Que lava suas partes íntimas na bacia onde minha mãe lava o rosto. Que só entende de roupas e carros. E que nos disse umas cem vezes que jamais compraria nem ao menos dirigiria esse ou aquele carro, nem um híbrido, nem um... nem... Que ele só compra ternos em determinada rua de Mayfair, as camisas em outra rua, as meias não consegue lembrar... Se ao menos... mas. Só ele termina uma frase com "mas".

Aquela voz monótona, irresoluta. Durante toda a minha vida venho suportando os tormentos gêmeos de seu assobio e de sua voz. Tenho sido poupado da visão dele, mas isso mudará em breve. Em meio ao sangue na sala de parto pouco iluminada (Trudy decidiu que ele, e não meu pai, estará lá), quando eu por fim emergir para cumprimentá-lo, minhas dúvidas permanecerão, qualquer que seja sua aparência: o que minha mãe está *fazendo*? O que pode estar querendo? Será que invocou Claude de forma sobrenatural para ilustrar o enigma do erotismo?

Nem todo mundo sabe o que é ter o pênis do rival do seu pai a centímetros do seu nariz. A essa altura tardia, eles deviam estar se contendo por minha causa. A cortesia, senão um motivo clínico, assim exigiria. Fecho os olhos, aperto as gengivas, me apoio nas paredes uterinas. Essa turbulência sacudiria as asas de um Boeing. Minha mãe estimula seu amante, o incita com gritos dignos de um parque de diversões. Parede da Morte! Toda vez, a cada movimento do pistão, temo que ele rompa a barreira, perfure os ossos ainda moles de meu crânio e irrigue meus pensamentos com a essência dele, com o creme abundante de sua banalidade. Depois, com o cérebro afetado, vou pensar e falar como ele. Serei o filho de Claude.

Mas prefiro estar preso dentro de um Boeing sem asas mergulhando no meio do Atlântico a assistir a mais uma noite das preliminares sexuais dele. Aqui estou eu, na primeira fila, desconfortavelmente de cabeça para baixo. Trata-se de uma produção bem parcimoniosa, tristemente moderna, a duas mãos. As luzes estão todas acesas quando Claude chega. Ele pretende se despir, mas minha mãe não. Ele dobra com cuidado as roupas sobre uma cadeira. Sua nudez é tão pouco surpreendente quanto o terno escuro de um contador. Vaga pelo quarto, indo e vindo pelo palco, o corpo à vista enquanto se ouve o chuvisco incessante de seu solilóquio. O sabonete cor-de-rosa que vai dar de presente de aniversário para sua tia e que precisa levar de volta à Curzon Street, um sonho quase esquecido que teve, o preço do diesel, hoje parece terça-feira. Mas não é. Cada corajoso tópico se põe de pé gemendo, cambaleia e cai ao ceder lugar a outro. E minha mãe? Na cama, debaixo dos lençóis, parcialmente vestida, totalmente solícita, com interjeições oportunas e acenos de cabeça indulgentes. Só eu sei, sob as cobertas um indicador se dobra acima do modesto botão clitorídeo dela e penetra um doce centímetro. Esse dedo se move levemente enquanto ela concorda com tudo e oferece sua alma. Imagino que seja delicioso fazer isso. Sim, ela murmura em meio a suspiros, ela também tinha dúvidas sobre aquele sabonete, sim, seus sonhos também se apagam muito rapidamente, ela também acha que parece terça-feira. Nada sobre o diesel — uma pequena concessão.

Os joelhos dele afundam o colchão infiel que antes sustentava meu pai. Com polegares ágeis ela se livra da calcinha. Entra Claude. Às vezes ele a chama de minha ratinha, o que parece agradar Trudy, mas não há beijos, nada é tocado nem acariciado, murmurado ou prometido, nenhuma lambida generosa, nenhum devaneio brincalhão. Só o ranger cada vez mais acelerado da cama, até por fim minha mãe assumir seu lugar na Parede da Morte e começar a gritar. Você deve conhecer essa antiga atração dos parques de diversão. Quando o aparelho começa a girar cada vez mais rápido, a força centrífuga aperta você contra a parede, enquanto o chão a seus pés desaparece, deixando-o tonto. Trudy gira mais rápido, seu rosto uma mistura pouco nítida de morangos e creme, um borrão verde de angélica onde estavam seus olhos. Grita mais alto e então, depois do urro e do estremecimento finais, ouço o grunhido abrupto e estrangulado dele. Uma pausa brevíssima. Sai Claude. O colchão se recompõe e sua voz soa de novo, agora vinda do banheiro — uma reprise da Curzon Street ou do dia da semana, alguns ensaios joviais com o tema da Nokia. Um ato de no máximo três minutos, sem bis. Com frequência ela se junta a ele no banheiro e, sem se tocarem, cada qual remove de seu corpo qualquer vestígio do corpo do outro com a água quente que a tudo perdoa. Nenhuma ternura, nenhuma soneca nos braços e pernas entrelaçados dos dois amantes. Durante essa curta ablução, mentes clareadas pelo orgasmo, eles muitas vezes traçam seus planos, mas, com o eco do cômodo azulejado e as torneiras abertas, as palavras se perdem para mim.

Por isso sei tão pouco sobre os planos deles. Apenas que os excitam, baixam suas vozes, mesmo quando pensam estar a sós. Também não sei o sobrenome de Claude. Trabalha como incorporador imobiliário, embora não tão bem-sucedido como a maioria deles. Sua maior conquista profissional foi a breve e lucrativa propriedade de um edifício de apartamentos em Cardiff. Rico? Herdou uma soma de sete algarismos, agora reduzida, assim parece, ao último quarto de milhão. Sai de nossa casa cerca de dez da manhã, volta depois das seis da tarde. Eis aqui duas versões antagônicas: pela primeira, há uma personalidade mais firme escondida sob esse véu de brandura. Ser tão insípido é pouquíssimo plausível. Alguém esperto, sombrio e calculista está se escondendo ali. Como homem, ele é um artefato, um aparelho construído por si mesmo, um instrumento destinado a realizar uma fria impostura, tramando contra Trudy enquanto trama ao lado dela. Pela segunda, ele é o que parece ser, uma concha vazia, um conspirador tão honesto quanto ela, só que menos inteligente. Ela sem dúvida deve preferir não duvidar de um homem que a faz atravessar os portões do paraíso em menos de três minutos. Quanto a mim, mantenho abertas as minhas opções.

Minha esperança de descobrir mais consiste em permanecer acordado a noite inteira para flagrá-los em uma troca mais desinibida perto do amanhecer. A frase nada típica de Claude "Podemos" foi o que primeiro me fez duvidar de seu comportamento brando. Já se passaram cinco dias — e nada. Acordo minha mãe com um pontapé, mas ela não perturba seu amante. Em vez disso, põe o fone de ouvido para acompanhar alguma palestra, abrindo-se às maravilhas da internet. Escuta ao acaso. Já ouvi de tudo. Criação de vermes em

Utah. Caminhadas em terrenos rochosos da Irlanda. A última cartada de Hitler nas Ardenas. A etiqueta sexual dos ianomâmis. Como Poggio Bracciolini redescobriu a obra de Lucrécio. A ciência física do tênis.

Fico acordado, escuto, aprendo. Hoje de manhã, bem cedo, menos de uma hora antes de o dia clarear, ocorreu algo mais pesado que de hábito. Através dos ossos de minha mãe dei com um pesadelo sob a forma de uma palestra formal. A situação do mundo. Uma especialista em relações internacionais, uma mulher sensata de voz grave, me informou que o mundo não vai bem. Analisou dois estados de espírito comuns: a autocomiseração e a agressividade. Cada qual uma escolha ruim para qualquer indivíduo. Combinadas, para grupos ou nações, uma mistura letal que ultimamente envenenou os russos na Ucrânia, como já havia acontecido com seus amigos, os sérvios, na parte deles do planeta. Fomos humilhados, então vamos provar quem somos. Agora que o Estado russo é o braço político do crime organizado, outra guerra na Europa está longe de ser inconcebível. Basta tirar o pó das divisões de blindados na fronteira sul da Lituânia, de onde podem alcançar as planícies ao norte da Alemanha. O mesmo veneno corrói os segmentos extremados do islamismo. A taça foi bebida até o fim, o mesmo brado se levanta: fomos humilhados, vamos nos vingar.

A palestrante mostrou uma visão sombria de nossa espécie, em que os psicopatas constituem uma fração permanente, uma constante humana. A luta armada, justa ou não, os atrai. Eles ajudam a transformar desavenças locais em conflitos mais amplos. Segundo ela, a Europa, em meio a uma crise existencial, está irascível e fragilizada porque muitas variedades de nacionalismo autoindulgente estão provando dessa mesma poção saborosa. A confusão sobre valores, a incubação do bacilo do antissemitismo, os contingentes de imigrantes apodrecendo por falta do que fazer, enfurecidos e entediados. Em outros lugares, em toda parte, novas desigualdades de riqueza, os super-ricos uma raça de donos do mundo à parte. A engenhosidade demonstrada pelas nações para desenvolver armamentos novos e brilhantes, das corporações multinacionais para evitar impostos, dos bancos que se dizem honestos para se entupir de dinheiro. A China, grande demais para precisar de amigos ou de conselhos, testando cinicamente o litoral de seus vizinhos, construindo ilhas de areia tropical, preparando-se para a guerra que sabe vir por aí. Os países com maioria de muçulmanos sofrendo os males do puritanismo religioso, da repressão sexual, da imaginação sufocada. O Oriente Médio capaz de gerar uma guerra mundial. E o inimigo conveniente que são os Estados Unidos, mal e mal ainda a esperança do mundo, culpados de praticar torturas, impotentes diante de um texto sagrado concebido numa era em que se usavam perucas com pó branco, uma constituição tão impossível de ser questionada quanto o Alcorão. Sua população está nervosa, obesa, com medo, atormentada por uma raiva que não consegue exprimir, desprezando o governo, assassinando o sono com novas armas de mão. A África ainda não descobriu o truque da democracia — a transferência pacífica do poder. Seus filhos morrendo, milhares a cada semana, por falta de coisas simples — água limpa, mosquiteiros, remédios baratos. Unindo e nivelando toda a humanidade, os velhos e tediosos fatos da mudança climática, do desaparecimento das florestas, das criaturas e das calotas polares. A agricultura rentável e perniciosa destruindo a beleza biológica. Os oceanos se transformando em bacias de ácido diluído. Bem acima do horizonte, se aproximando velozmente, o tsunami urinário dos idosos em números cada vez maiores, cancerosos e dementes, exigindo cuidados. E em breve, devido à transição demográfica, o oposto, as populações em declínio catastrófico. A liberdade de expressão suprimida, a democracia liberal não mais o porto de destino, robôs roubando empregos, os direitos civis em combate feroz com a segurança, o socialismo em desgraça, o capitalismo corrompido, destrutivo e também em desgraça, nenhuma alternativa à vista.

Em conclusão, ela disse, esses desastres são obra das nossas naturezas duplas. Inteligentes e infantis. Construímos um mundo complicado e perigoso demais para poder ser administrado com o temperamento aguerrido que temos. Em meio à desesperança, muitos veem saída no sobrenatural. Estamos no crepúsculo da segunda Idade da Razão. Éramos maravilhosos e agora estamos condenados. Vinte minutos. Clique.

Ansioso, peguei meu cordão. Serve como um fio de contas muçulmano. Embora ele ainda esteja em meu futuro, o que há de errado em ser infantil? Tendo ouvido um bom número dessas palestras, aprendi a invocar contra-argumentos. O pessimismo é fácil demais, até mesmo delicioso, o emblema e enfeite dos intelectuais em toda parte. Exime as classes pensantes de buscar soluções. Nos excitamos com pensamentos sombrios em peças teatrais, poemas, romances e filmes. E agora nas análises de especialistas. Por que confiar nesse relato, quando a humanidade nunca foi tão rica, tão saudável, tão longeva? Quando mais do que nunca há menos mortes em guerras e em partos, quando mais do que nunca a ciência disponibiliza a todos mais conhecimento e mais verdade? Quando a cada dia se vê mais simpatia e carinho por crianças, animais, religiões alternativas, estrangeiros desconhecidos e distantes? Quando centenas de milhões de seres humanos foram retirados da subsistência miserável? Quando no Ocidente até mesmo os moderadamente pobres, envoltos em música, se reclinam em bancos ao deslizarem por estradas macias a uma velocidade quatro vezes maior que a de um cavalo a galope? Quando a varíola, a poliomielite, a cólera, o sarampo, as altas taxas de mortalidade infantil, o analfabetismo, as execuções públicas e a tortura rotineira praticada pelo Estado foram banidos de tantos países? Não faz muito tempo essas pragas estavam por toda parte. Quando os painéis solares, as usinas eólicas, a energia nuclear e invenções ainda desconhecidas nos livrarão dos males do dióxido de carbono, e culturas geneticamente modificadas nos salvarão dos desastres causados por fertilizantes químicos e impedirão que os mais pobres morram de fome? Quando a migração para as cidades devolverá grandes extensões de terra a seu estado virgem, reduzirá o crescimento demográfico e libertará as mulheres de patriarcas ignorantes do interior? Que dizer dos milagres cotidianos que fariam o imperador César Augusto invejar um trabalhador braçal: tratamento dentário sem dor, luz elétrica, contato instantâneo com as pessoas que amamos, com a melhor música que o mundo conheceu, com a gastronomia de dezenas de culturas? Estamos cercados de privilégios e delícias, assim como de queixas, e os que ainda não desfrutam de tudo isso em breve desfrutarão. Quanto aos russos, o mesmo se disse da Espanha dos Reis Católicos. Esperamos os exércitos deles em nossas praias. Como a maioria das coisas, isso não aconteceu.

A questão foi resolvida por alguns navios incendiários e por uma providencial tempestade que empurrou a esquadra deles para a ponta da Escócia. Sempre vamos nos preocupar com o estado das coisas — é a contrapartida do espinhoso dom da consciência.

Apenas um hino ao mundo glorioso que possuirei daqui a pouco. Aqui onde me encontro confinado tornei-me um bom conhecedor dos sonhos coletivos. Quem sabe o que é real? Não tenho condições de reunir eu mesmo as provas. Cada proposição é contestada ou anulada por alguma outra. Como todas as pessoas, vou escolher o que eu quero, o que for melhor pra mim.

Mas essas reflexões me distraíram e perdi as primeiras palavras da troca que eu havia ficado acordado para ouvir. A canção do alvorecer. O despertador estava prestes a tocar. Claude murmurou alguma coisa, minha mãe respondeu, ele falou de novo. Volto a mim. Aperto a orelha contra a parede. Sinto o colchão se movimentar. A noite foi quente. Claude deve estar se sentando, tirando a camiseta que usa para dormir. Ouço-o dizer que vai se encontrar com o irmão à tarde. Já mencionou esse irmão antes. Eu devia ter prestado mais atenção. Mas o contexto me entediou — dinheiro, contas, impostos, dívidas.

Claude diz: "Todas as esperanças dele estão depositadas nessa poeta que ele está contratando".

Poeta? Pouca gente no mundo contrata uma poeta. Eu só conheço uma pessoa que faz isso. O *irmão* dele?

Minha mãe diz: "Ah, sei, essa mulher. Esqueci o nome dela. Escreve sobre corujas".

"Corujas! Que assunto quente, corujas! Mas preciso encontrar com ele hoje à noite."

Ela diz lentamente: "Acho que você não deveria ir. Não agora".

"Senão ele vai voltar aqui. Não quero que fique aborrecendo você. Mas."

Minha mãe diz: "Eu também não quero. Mas isso precisa ser feito do meu jeito. Devagar".

Fez-se silêncio. Claude pega o celular na mesinha de cabeceira e desativa o despertador.

Por fim diz: "Se eu emprestar dinheiro ao meu irmão, vai servir para despistar".

"Mas não muito. E não vamos conseguir receber de volta."

Os dois riem. Em seguida, Claude e seu assobio se dirigem ao banheiro, minha mãe vira de lado e volta a dormir e eu me vejo no escuro para confrontar o fato escandaloso e refletir sobre a minha estupidez.

4.

Quando ouço o zumbido amigável dos carros que passam e uma leve aragem agita o que penso serem as folhas de um castanheiro, quando um rádio portátil embaixo de mim emite um ligeiro ruído áspero, e um lusco-fusco cor de coral, um prolongado poente tropical, ilumina vagamente meu mar mediterrâneo e o trilhão de fragmentos que boiam nele, sei que minha mãe está tomando banho de sol na varanda da biblioteca de meu pai. Sei também que a balaustrada de ferro com figuras de folhas e bolotas de carvalho se mantém de pé graças a camadas históricas de tinta preta, e que ninguém deve se debruçar sobre ela. A plataforma de concreto em desintegração onde minha mãe está sentada foi considerada insegura até mesmo por mestres de obra desinteressados em consertá-la. A varanda estreita permite que uma espreguiçadeira de lona seja colocada na transversal, quase paralela à casa. Trudy está descalça, usando o sutiã de um biquíni e shorts curtos de zuarte que mal me acomodam. Essa indumentária é complementada por óculos escuros com formato de coração e um chapéu de palha. Sei disso porque meu tio — meu *tio*! — pediu ao telefone que ela dissesse como estava vestida. Sedutora como é, ela acedeu.

Alguns minutos atrás o rádio nos disse que eram quatro horas. Estamos dividindo uma taça, talvez uma garrafa, de *sauvignon blanc* da região de Marlborough. Não seria minha primeira escolha e, para a mesma uva e um gosto menos marcado de grama, eu teria partido para um Sancerre, de preferência de Chavignol. Um toque de mineral teria mitigado o ataque brutal da luz direta do sol e o calor de forno emitido pela fachada com rachaduras de nossa casa.

Mas estamos na Nova Zelândia, ela está em nós, e me sinto mais feliz que nos dois últimos dias. Trudy resfria nosso vinho usando cubos de plástico com etanol congelado. Não tenho nada contra isso. Recebo minhas primeiras impressões de cor e forma, pois, como o abdômen de minha mãe está voltado para o sol, consigo distinguir, como na vermelhidão de um quarto escuro fotográfico, minhas mãos em frente ao rosto e o cordão que envolve amplamente minha barriga e meus joelhos. Vejo que minhas unhas precisam ser cortadas, embora eu não esteja sendo esperado nas próximas duas semanas. Gostaria de pensar que o objetivo de ela estar aqui fora é produzir vitamina D para o crescimento de meus ossos, que ela abaixou o volume do rádio para contemplar melhor minha existência, que a mão que acaricia o lugar onde ela crê que se encontra minha cabeça seja uma manifestação de ternura. Mas pode ser que ela queira só se bronzear, que esteja quente demais para ouvir no rádio o drama do imperador mogol Aurangzeb e que com a ponta dos dedos ela esteja simplesmente aliviando o desconforto causado pelo inchaço do final da gravidez. Em suma, não tenho certeza de que ela me ama.

Depois de três taças, o vinho não resolve nada, e a dor das descobertas recentes permanece. No entanto, sinto um quê agradável de afastamento: já estou satisfatoriamente distante e me vejo uns quinze metros abaixo, como um alpinista que caiu numa rocha de braços abertos e de costas. Consigo começar a entender minha posição. Consigo pensar além de sentir. Um despretensioso vinho branco do Novo Mundo pode fazer tudo isso. Vejamos. Minha mãe preferiu o irmão de meu pai, traiu seu marido, arruinou seu filho. Meu tio roubou a mulher de seu irmão, enganou o pai de seu sobrinho, insultou gravemente o filho de sua cunhada. Meu pai é indefeso por natureza, como eu sou por circunstâncias. Meu tio tem um quarto de meu genoma, aquela parte da metade que vem de meu pai, mas não se parece mais com ele do que eu com Virgílio ou Montaigne. Que parte desprezível de mim é Claude, e como poderei saber? Eu poderia ser meu próprio irmão e me enganar como ele enganou o seu. Quando eu nascer e tiver enfim permissão de ficar sozinho, há uma quarta parte de mim que vou querer arrancar com uma faca de cozinha. Mas aquele que segurará a faca será também meu tio, representado por um quarto de meu genoma. Então vamos ver como a faca não se moverá. E essa percepção é em parte também dele. Assim como esta.

Meu relacionamento amoroso com Trudy não vai bem. Pensei que eu pudesse ter como certo o seu amor. Mas ouvi biólogos debatendo de madrugada. Mulheres grávidas precisam combater os ocupantes de seus úteros. A natureza, ela própria uma mãe, ordena uma luta por recursos que podem ser necessários para nutrir meus futuros irmãos — e rivais. Minha saúde deriva de Trudy, porém ela também precisa se proteger de mim. Sendo assim, por que deveria se preocupar com meus *sentimentos*? Se for do interesse dela e de um bostinha ainda não concebido que eu seja subalimentado, por que ela se preocuparia que um encontro amoroso com meu tio possa me incomodar? Os biólogos também sugerem que o truque mais sábio de meu pai é fazer com que outro homem crie seu filho enquanto ele — meu pai! — reproduz símiles seus através de outras mulheres. Tão deprimente, tão carente de amor! Então estamos sozinhos, todos nós, até eu, cada um seguindo por uma estrada deserta, carregando seus estratagemas e fluxogramas numa trouxa sobre o ombro, atrás de vantagens inconscientes.

Coisa demais para suportar, macabro demais para ser verdade. Por que o mundo se organizaria de forma tão cruel? Entre muitas outras coisas, as pessoas são sociáveis e bondosas. A cobiça não é tudo. Minha mãe não é apenas minha senhoria. Meu pai não busca a mais ampla disseminação de seus genes, ele se importa com sua mulher e, sem dúvida, com seu único filho. Não creio nos sábios das ciências da vida. Ele deve me amar, quer voltar para casa, vai cuidar de mim — caso lhe seja permitido. E ela nunca me fez perder uma refeição, e esta tarde até se recusou decentemente a tomar uma terceira taça por minha causa. Não é o amor dela que está faltando. É o meu. É meu ressentimento que está nos separando. Recuso-me a dizer que a odeio. Mas abandonar um poeta, qualquer poeta, por Claude!

É duro, e também é duro que o poeta seja tão frouxo. John Cairncross, expulso da casa de sua família, comprada por seu avô, por causa de um filosófico "crescimento pessoal" — expressão tão paradoxal quanto "música fácil de ouvir". Se separarem para poder ficar juntos, se darem as costas para poder se abraçarem, pararem de se amar para poderem se apaixonar de novo. Ele caiu nessa. Que boboca! Entre a fraqueza dele e a falsidade dela, estava o buraco fétido que espontaneamente gerou um tio Verme. E aqui estou eu agachado e circunscrito à minha vida isolada, numa penumbra duradoura e abafada, sonhando impacientemente.

O que eu poderia fazer se, em vez disso, estivesse em plena forma? Digamos daqui a vinte e oito anos. Calça jeans apertada e desbotada, barriguinha sarada, movendo-me com a agilidade de uma pantera, temporariamente imortal. Indo de táxi buscar meu pai idoso em Shoreditch, para instalá-lo, sem ouvir os protestos da matronal Trudy, na biblioteca dele, na cama dele. Pegando o tio Verme pelo cangote e atirando-o na sarjeta cheia de folhas do Hamilton Terrace. Calando minha mãe com um beijo indiferente na nuca.

Mas eis a verdade mais limitadora da vida: é sempre aqui, é sempre agora, nunca lá e depois. E agora estamos derretendo numa onda londrina de calor, aqui nesta varanda insegura. Ouço-a encher mais uma taça, o ruído da queda dos cubos de plástico, seu leve suspiro, mais de ansiedade que de contentamento. Então teremos uma quarta taça. Ela deve imaginar que estou crescidinho o suficiente para aguentar. E estou. Estamos nos embebedando porque neste exato momento seu amante está tendo uma conversa com o irmão dele no escritório sem janelas da Cairncross Press.

Para me distrair, mando meus pensamentos à frente para espioná-los. Apenas um exercício de imaginação. Nada aqui é real.

O empréstimo amigável é posto sobre a escrivaninha atravancada.

"John, ela realmente ama você, mas me pediu, como um membro de confiança da família, para convencê-lo a ficar longe por algum tempo. É a melhor chance para o casamento de vocês. Quer dizer. No fim vai dar tudo certo. Eu devia ter imaginado que o seu aluguel estava atrasado. Mas. Por favor, diga que sim, pegue o dinheiro, deixe ela ter o espaço de que precisa."

Há entre eles, sobre a escrivaninha, cinco mil libras em notas sujas de cinquenta, cinco pilhas malcheirosas de papel-moeda avermelhado. De um lado e de outro, se acumulam desordenadamente livros de poesia e manuscritos datilografados, lápis apontados, dois cinzeiros de vidro bem cheios, uma garrafa de uísque escocês, uma do suave single malt Tomintoul com dois dedos no fundo, um copo de cristal, uma mosca morta caída de costas dentro dele, várias aspirinas em cima de um lenço de papel não usado. Sinais esquálidos de um trabalho honesto.

Meu palpite é o seguinte. Meu pai nunca entendeu seu irmão mais novo. Nunca imaginou que valia a pena se dar a esse trabalho. E John não gosta de confrontações. Seu olhar não se detém sobre o dinheiro em cima da escrivaninha. Não lhe ocorreria explicar que tudo que deseja é voltar para sua casa a fim de ficar com a mulher e o filho.

Em vez disso, diz: "Isto chegou ontem. Quer ouvir um poema sobre uma coruja?".

Simplesmente o tipo de esquisitice que Claude odiava quando criança. Sacode a cabeça, *não, por favor, me poupe*, mas é tarde demais.

Meu pai segura uma única folha datilografada em sua mão escamosa.

"Fatal porteiro, sanguinolento", ele começa.

"Então você não quer", o irmão o interrompe mal-humorado. "Por mim tudo bem." E, com os dedos de verme de um banqueiro, junta as pilhas, bate de leve suas beiradas contra a superfície da escrivaninha, saca não se sabe de onde um elástico, em dois segundos repõe o dinheiro num bolso interno do blazer de botões prateados e se põe de pé, dando a impressão de estar acalorado e desgostoso.

Sem se deixar apressar, meu pai lê o segundo verso: "Estranhamente nos excita uma crueldade estridente". Então para e diz de forma suave: "Você precisa mesmo ir?".

Nenhum observador seria capaz de decodificar as mensagens taquigráficas dos irmãos, a tristeza antiga dessa troca de palavras. As cargas, as regras tinham sido estabelecidas havia tempo demais para serem alteradas. A relativa riqueza de Claude precisava continuar não sendo admitida. Ele permanece como o irmão menor, inadequado, sufocado, furioso. Meu pai se sente intrigado com seu parente vivo mais próximo, mas só um pouco. Não se move de sua posição, de onde parece ridicularizá-lo. Mas não. É pior que ridicularizar: ele não se importa, e mal se dá conta de que não se importa. Com o aluguel, com o dinheiro ou com o oferecimento de Claude. Mas, como é um homem polido, se levanta para conduzir o visitante à porta e, feito isso, sentado de volta à escrivaninha, se esquece do dinheiro vivo que havia estado lá, assim como de Claude. O lápis está de volta numa das mãos, um cigarro na outra. Vai dar sequência ao único trabalho que importa, revisando poemas para publicação, e não erguerá os olhos antes das seis, hora de um uísque com água. Antes vai virar o copo para expulsar a mosca.

Como se eu voltasse de uma longa viagem, regresso ao útero. Nada mudou na varanda, exceto que me sinto um pouco mais bêbado. Como se para me dar as boas-vindas, Trudy derrama em sua taça tudo que ainda restava na garrafa. Os cubos não estão mais gelados, o vinho quase morno, mas ela está bem, então é melhor acabar logo com ele. Vai estragar mesmo. A brisa ainda agita os castanheiros, o tráfego da tarde aumenta. O calor cresce à medida que o sol se põe. Mas não ligo para ele. Quando chega o último gole de *sauvignon blanc*, me preparo para refletir. Estive fora, pulei a cerca sem uma escada ou uma corda, livre como um passarinho, deixando para trás meu aqui e agora. Minha verdade limitadora não era verdadeira; posso sair a qualquer hora, expulsar Claude de casa, visitar meu pai em seu escritório, observar tudo com carinho sem ser visto. Será que os filmes são tão bons assim? Vou descobrir. Daria para ganhar a vida montando excursões como essas. Mas a realidade, a realidade circunscrita também é cativante, e estou impaciente para que Claude volte e nos diga o que de fato aconteceu. Minha versão sem dúvida é errônea.

Minha mãe também está ansiosa para saber. Se não estivesse bebendo por dois, se eu não compartilhasse da carga, ela estaria no chão. Passados vinte minutos, entramos, atravessamos a biblioteca e subimos para o quarto. É preciso ter cuidado ao andar descalço nesta casa. Minha mãe solta um berro ao pisar em alguma coisa, oscilamos e balançamos até ela se agarrar à balaustrada. Ficamos estáveis quando se detém para inspecionar a sola do pé. Como o palavrão é resmungado com calma, deve haver sangue, mas não muito. Ela cruza o quarto mancando, talvez deixando um rastro no que sei ser um tapete sujo cor de marfim coalhado de roupas, sapatos e malas não de todo esvaziadas na volta de viagens que antecederam minha chegada.

Alcançamos o ecoante banheiro, pelo que ouvi uma enorme e imunda ruína. Ela abre uma gaveta, impacientemente sacode seu tilintante e farfalhante conteúdo, tenta outra gaveta e, na terceira, acha o esparadrapo para seu corte. Senta-se na beirada da banheira e põe o pé ferido em cima do joelho. Pequenos grunhidos e arquejos de exasperação sugerem que o corte esteja num lugar difícil de alcançar. Se eu pudesse me ajoelhar diante dela e ajudar... Embora ela seja jovem e esbelta, não é fácil inclinar-se para a frente com o obstáculo volumoso que eu represento. Melhor então, ela decide, mais estável, abrir um espaço e se sentar no chão duro de ladrilhos. Mas isso também não é fácil. Tudo culpa minha.

É lá que estamos e o que fazemos quando ouvimos a voz de Claude, um grito vindo do térreo.

"Trudy! Ah, meu Deus. Trudy!"

Ruído de passos rápidos, ele grita o nome dela outra vez. Por fim, sua respiração entrecortada no banheiro.

"Cortei o pé num caco de vidro idiota."

"Há sangue por toda parte no quarto. Eu pensei..." Ele não fala que esperava se ver livre de mim. Em vez disso, diz: "Deixa eu fazer isso. Não deveríamos limpar antes?".

"Vai logo."

"Fica parada." Agora é a vez dele de grunhir e arquejar. Em seguida: "Você andou bebendo?".

"Não enche o saco. Põe logo isso."

Por fim ele termina e a ajuda a se levantar. Balançamos juntos.

"Meu Deus! Quanto você bebeu?"

"Só um copo."

Ela se senta de novo na beirada da banheira.

Ele vai até o quarto e volta um minuto depois. "Nunca vamos tirar todo esse sangue."

"Tenta esfregar com alguma coisa."

"Estou dizendo, não vai sair. Olha aqui uma mancha. Tenta você."

Raras vezes vi Claude tão assertivo. Nenhuma desde o "Podemos".

Minha mãe também nota a diferença e pergunta: "O que aconteceu?".

Agora há um queixume na voz dele.

"Ele pegou o dinheiro e nem me agradeceu. E já avisou que não vai renovar o aluguel do apartamento de Shoreditch. Está voltando para cá. Diz que você precisa dele, por mais que diga que não."

Os ecos do banheiro foram morrendo aos poucos. Exceto pela respiração de ambos, se faz silêncio enquanto refletem. Meu palpite é que estão se entreolhando, um longo e eloquente olhar.

"É isso aí", ele diz, por fim, em seu modo costumeiro e vazio. Espera e acrescenta: "E então?".

Nisso o coração de minha mãe começa a se acelerar. Não só bate mais rápido, mas também mais alto, como o som oco de encanamento quebrado. Algo também está acontecendo em suas entranhas. Os intestinos estão se soltando, com um rangido que se alonga; em algum lugar mais alto, acima de meus pés, sucos descem velozmente por tubos tortuosos rumo a destinos desconhecidos. Seu diafragma sobe e desce.

Aperto mais a orelha contra a parede. Em meio a tal crescendo de ruídos, seria fácil perder algum fato essencial.

O corpo é incapaz de mentir, mas a mente é outro país, pois, quando minha mãe finalmente fala, seu tom de voz é doce, lindamente sob controle. "Concordo."

Claude se aproxima, fala com suavidade, quase num sussurro. "Mas. O que você acha?"

Eles se beijam e ela começa a tremer. Sinto os braços dele envolverem sua cintura. Beijam-se de novo, com línguas silentes.

Ela diz: "Assustador".

Em resposta a uma piada compartilhada pelos dois, ele retruca: "Cabeludo".

Mas não conseguem rir. Sinto Claude apertando o ventre contra o dela. Excitados numa hora dessa! Quanto ainda tenho para aprender! Ela encontra o zíper dele, puxa para baixo, acaricia, enquanto o indicador de Claude se dobra por baixo dos shorts bem curtos dela. Sinto a pressão recorrente de seu dedo em minha testa. Vamos para a cama? Não, graças a Deus, ele insiste na pergunta.

"E então?"

"Estou com medo."

"Pensa. Daqui a seis meses. Na minha casa, sete milhões no banco. E teremos colocado o bebê em algum lugar. Mas. Vamos fazer. Hum. O quê?"

Suas próprias perguntas práticas o acalmam, permitindo que retire o dedo. Mas o pulso dela, que vinha se estabilizando, dá um salto diante das questões dele. Sexo não, perigo sim. O sangue lateja através de mim como salvas de uma artilharia distante, e posso senti-la lutando com uma escolha.

Sou um órgão de seu corpo, em nada separado de seus pensamentos. Sou parte do que ela está prestes a fazer. Quando chega afinal, sua decisão, sua ordem murmurada, sua manifestação única e traiçoeira parece provir de minha própria boca inexperiente. Ao se beijarem de novo, ela a pronuncia dentro da boca do amante. A primeira palavra do bebê.

"Veneno."

5.

Como o solipsismo convém a quem ainda não nasceu! Enquanto Trudy, descalça, se recupera das cinco taças dormindo no sofá da sala, e nossa casa imunda desliza para leste ao se embrenhar na noite, me concentro tanto no *colocado* de meu tio quanto no *veneno* de minha mãe. Como um DJ debruçado sobre sua plataforma, repito a frase que arranha o disco: *E… nós teremos colocado o bebê em algum lugar.* Com a repetição, as palavras se tornam tão nítidas quanto a verdade, e o futuro que têm em mente para mim brilha claro. *Colocado* não passa de um sinônimo mentiroso de *abandonado*. Como *bebê* é um sinônimo de *mim*. *Em algum lugar* também é uma mentira. Mãe cruel! Essa vai ser minha perdição, minha queda, pois só nos contos de fadas bebês indesejados melhoram de vida. A duquesa de Cambridge não vai me pegar. Meu voo solo de autocomiseração me faz aterrissar no décimo terceiro andar do brutal edifício de apartamentos que minha mãe às vezes diz contemplar com tristeza de uma janela do quarto. Ela contempla e pensa: tão perto, e no entanto tão distante quanto um vale no Paquistão. Imagine viver lá.

Sem dúvida. Criado sem livros, com jogos de computador, açúcar, gordura e tapas na cabeça. Paquistão mesmo. Nenhuma história contada na cama para alimentar a plasticidade de meu cérebro de bebê. A paupérrima paisagem mental dos camponeses modernos da Inglaterra. E as fazendas de criação de vermes em Utah? Pobre de mim, com o cabelo cortado rente ao crânio, um menino de três anos já bem gorducho e usando calça de camuflagem, perdido numa nuvem de ruídos vindos da televisão e fumaça de cigarro. Sua mãe adotiva tatuada, com os tornozelos inchados, passa cambaleando, seguida pelo cachorro fedorento de seu instável companheiro. Querido pai, me salve desse Vale da Desesperança! Me leve com você. Deixe que eu seja envenenado a seu lado em vez de *colocado em algum lugar*.

Autoindulgência típica do terceiro trimestre. Tudo que sei sobre os ingleses pobres me chegou pela TV e pelas resenhas de romances farsescos. Não sei nada. Mas minha suspeita plausível é de que a pobreza significa privação em todos os sentidos. Nada de aula de harpa no décimo terceiro andar. Se a hipocrisia é o único preço, vou comprar a vida burguesa e considerá-la barata. E mais, vou armazenar grãos, ser rico, ter um brasão. NON SANZ DROICT, e o meu direito é ao amor de uma mãe, sendo assim absoluto. Nego meu consentimento às maquinações de abandono dela. Não serei exilado, mas ela será. Tratarei de prendê-la com este cordão escorregadio, ameaçá-la no dia de meu nascimento com o olhar estonteado e furibundo de um recém-nascido, um grito solitário de gaivota para arpoar seu coração. Então, coagida por um amor agressivo a cuidar de mim constantemente, sua liberdade não mais que uma costa cada vez mais distante, Trudy será minha, e não de Claude, tão capaz de me abandonar quanto de arrancar seus seios da caixa torácica e atirá-los ao mar. Também posso ser cruel.

E assim fui indo — bêbado, suponho, expansivo e irrelevante — até que ela acordou com diversos gemidos e catou a sandália debaixo do sofá. Descemos juntos, mancando, até a cozinha úmida onde, na semiobscuridade quase capaz de ocultar a imundície, ela se inclina para beber longamente na torneira de água fria. Ainda com a roupa de praia. Acende as luzes. Nenhum sinal de Claude, nenhum bilhete. Vamos até a geladeira, que ela examina com ar esperançoso. Vejo — imagino que vejo numa retina não testada — seu braço pálido e indeciso se movendo na luz fria. Amo seu lindo braço. Numa prateleira de baixo, alguma coisa que já viveu, e que agora está purulenta, parece se mexer no saco de papel, provocando nela um sobressalto reverencial e obrigando-a a fechar a porta. Então atravessamos o cômodo até o armário, onde ela acha um saquinho de nozes salgadas. Logo depois, a ouço ligar para seu amante.

"Você ainda está em casa?"

Não consigo ouvir a resposta por causa de sua mastigação.

"Muito bem", ela diz depois de ouvir. "Traz isso pra cá. Precisamos conversar."

Pelo modo suave como ela desliga o telefone, deduzo que ele está a caminho. Muito mal. Mas estou sentindo minha primeira dor de cabeça, bem na região da testa, uma bandana de cores berrantes, uma dor brincalhona que dança por causa do pulso dela. Se a compartilhasse comigo, ela teria tomado um analgésico. De direito, a dor lhe pertence. Mas ela está enfrentando outra vez a geladeira e encontrou, na prateleira superior da porta, num compartimento de plástico, um pedaço de vinte centímetros de queijo parmesão de tempos imemoriais, mais duro que um diamante. Se conseguir parti-lo com os dentes, nós dois vamos sofrer juntos: depois das nozes, mais uma maré de sal penetrando as fímbrias do estuário, transformando nosso sangue em lama salobra. Água, ela devia beber mais água. Minhas mãos se erguem para tocar as têmporas. Injustiça monstruosa sentir tamanha dor antes mesmo que minha vida tenha começado.

Ouvi dizer que, faz muito tempo, a dor gerou a consciência. Para evitar danos graves, uma simples criatura precisa desenvolver os estímulos e incentivos de um circuito subjetivo, de uma experiência anterior. Não apenas uma luz vermelha de alerta na mente — quem estará lá para vê-la? —, mas um acicate, uma dor, algo que *machuca*. A adversidade nos obrigou a ter essa capacidade de percepção, e funciona, ela nos aferroa quando nos aproximamos demais do fogo, quando amamos demais. Essas sensações são o começo da invenção do eu. E, se isso funciona, por que não sentir repugnância por fezes, temer a beira do precipício e gente estranha, relembrar insultos e favores, gostar de sexo e comida? Deus disse: Que seja feita a dor. E depois se fez a poesia.

Sendo assim, qual a utilidade de uma dor de cabeça, de um pesar no coração? De que estou sendo alertado, o que me é dito para fazer? Não deixe seu tio incestuoso e sua mãe envenenarem seu pai. Não passe seus dias na indolência, de cabeça para baixo. Nasça e aja!

Ela se acomoda numa cadeira da cozinha com um gemido de ressaca, a melodia do mal-estar que ela mesma compôs. Não há muitas opções para uma noite que se segue a uma tarde de embriaguez. Na verdade, só duas: remorso ou então mais bebida e depois remorso. Ela escolheu a primeira, mas ainda é cedo. O queijo está em cima da mesa, já esquecido. Claude está voltando de onde minha mãe irá morar, tão distante de mim como compete a uma milionária. Ele atravessará Londres de táxi porque nunca aprendeu a dirigir.

Tento vê-la como ela está, como deve estar, uma mulher grávida e madura de vinte e oito anos, uma jovem derreada sobre a mesa, loura e de cabelo trançado como o de uma guerreira saxônica, bonita muito além do que o realismo alcança, esbelta não fosse por mim, quase nua, braços vermelhos de sol, abrindo espaço na mesa da cozinha para seus cotovelos em meio a pratos manchados com gema de ovo de um mês atrás, farelos de torrada e grãos de açúcar em que as moscas regurgitam todos os dias, embalagens fétidas e colheres gordurosas, líquidos ressecados formando crostas nos envelopes de correspondência com propaganda. Tento vê-la e amá-la como devo, imaginando seus problemas: o vilão que pegou como amante, o santo que está deixando para trás, o ato com o qual concordou, o filho querido que largará nas mãos de estranhos. Amá-la ainda? Se não, foi porque você nunca amou. Mas eu amei, amei, sim. Amo.

Ela se lembra do queijo, alcança o utensílio mais próximo e crava nele um golpe respeitável. Um pedaço se solta e é levado à sua boca, uma pedra seca que ela chupa enquanto reflete sobre sua situação. Passam-se alguns minutos. Sua situação não é nada boa, eu acho, embora nosso sangue não vá engrossar, afinal de contas, pois ela vai precisar do sal que está consumindo para seus olhos, para suas bochechas. A criança sente uma pontada quando ouve a mãe chorar. Ela está se defrontando com o mundo inominável que construiu, com tudo que consentiu, com seus novos deveres, que preciso listar outra vez: matar John Cairncross, vender o que era dele por direito de herança, dividir o dinheiro, abandonar o menino. Eu é que deveria chorar. Mas os não nascidos são estoicos, têm um semblante sério de Budas submersos, sem expressão. Ao contrário dos bebês chorões, que pertencem a uma casta inferior, aceitamos o fato de que as lágrimas fazem parte da natureza das coisas. *Sunt lacrimae rerum.* Uma choradeira infantil não tem nada a ver. O jeito é esperar. E pensar!

Ela já se recuperou quando ouvimos seu amante no vestíbulo, praguejando ao perturbar o lixo com o enorme borzeguim que ela gosta que ele use. (Claude tem sua própria chave. É meu pai quem precisa tocar a campainha.) Claude desce até a cozinha, que fica no andar de baixo. O som farfalhante vem de uma sacola de plástico que contém alimentos ou instrumentos letais, ou as duas coisas.

Ele repara de imediato no estado alterado dela e diz: "Você andou chorando".

Não por solicitude, mas por mera constatação. Ela dá de ombros e afasta o olhar. Ele tira da sacola uma garrafa e a pousa com força onde Trudy possa ver o rótulo.

"Um Cuvée Les Caillotes Sancerre Jean-Max Roger de 2010. Lembra? O pai dele morreu num desastre de avião."

Ele fala sobre morte.

"Se for frio e branco, vou querer."

Ela esqueceu. O restaurante onde o garçom demorou a

acender as velas. Ela gostou do vinho naquela noite, e eu mais ainda. Agora a rolha foi tirada, o barulhinho das taças — espero que estejam limpas — e Claude está servindo. Não posso recusar.

"Saúde!" O tom de voz dela abrandou-se rapidamente.

Mais vinho servido e então ele diz: "Me conte o que aconteceu".

Quando ela começa a falar, sua garganta se contrai. "Eu estava pensando no nosso gato. Eu tinha quinze anos. Ele se chamava Hector, muito carinhoso e velhinho, querido da família, tinha dois anos a mais que eu. Todo preto, com patinhas e peito brancos. Um dia cheguei da escola muito chateada. Ele estava em cima da mesa da cozinha, onde não deveria estar. Procurando comida. Dei-lhe um tapa que o fez sair voando. Seus ossos velhos bateram no chão com um barulho de coisa quebrada. Depois disso, desapareceu por vários dias. Penduramos cartazes em árvores e postes. Então alguém o encontrou deitado em cima de um montinho de folhas, junto a um muro, até onde tinha se arrastado para morrer. Coitadinho do Hector, duro como uma pedra. Eu nunca disse, nunca ousei dizer, mas sei que fui eu quem o matou."

Ou seja, não pelo empreendimento maléfico dela, não por sua inocência perdida, não pela criança que vai dar para alguém. Volta a chorar, mais forte que antes.

"A hora dele já estava chegando", diz Claude. "Você não sabe se foi por sua causa mesmo."

Agora soluçando: "Sei que foi, eu sei. Fui eu! Ah, meu Deus!".

Eu sei, eu sei. Onde ouvi isto? *Ele mata a mãe, mas não consegue usar calça cinza.* Porém, sejamos generosos. Uma jovem mulher, com seios e barriga a ponto de estourar, a dor ordenada por Deus prestes a acontecer, seguida por leite e cocô, a viagem insone através de uma terra incógnita de deveres detestáveis, onde o amor brutal roubará a vida dela — e o fantasma de um gato velho chega com suas patinhas brancas sem fazer barulho, exigindo vingança pela vida que também lhe foi roubada.

Mesmo assim. A mulher que está arquitetando friamente a... chorando por causa de... Desnecessário especificar.

"Os gatos podem ser um transtorno", diz Claude com ar de quem quer ajudar. "Afiando as garras nos móveis. Mas."

Ele não tem nada adversativo para acrescentar. Esperamos até as lágrimas dela secarem. Hora então de encher de novo as taças. Por que não? Alguns goles, uma pausa neutralizante, depois ele volta a remexer na sacola, um néctar diferente em suas mãos. Um ruído mais suave ao pousar o objeto na mesa. A garrafa é de plástico.

Dessa vez Trudy lê o rótulo, mas não em voz alta. "No verão?"

"O anticongelante contém etilenoglicol, coisa muito boa. Já cuidei de um cachorro do vizinho com isso, um alsaciano enorme, estava me enlouquecendo, latia dia e noite. De qualquer modo. Incolor, inodoro, gosto agradável, bastante doce, perfeito numa vitamina. Hum. Arrebenta com os rins, uma dor lancinante. Pequenos cristais afiados cortam as células. Ele vai cambalear e pronunciar mal as palavras, como um bêbado, mas sem nenhum cheiro de álcool. Náusea, vômitos, respiração ofegante, convulsões, ataque do coração, coma, falência do fígado. Cortina. Leva algum tempo, desde que ninguém complique as coisas com um tratamento."

"Deixa vestígios?"

"Tudo deixa vestígio. Você tem que pensar nas vantagens. Fácil de comprar, mesmo no verão. Um limpador de tapetes faz o mesmo serviço, mas não tem um gosto tão bom. Um prazer de administrar. Desce como refresco. Só precisamos dissociar você do momento em que for bebido."

"Eu? E você?"

"Não se preocupe. Eu vou estar dissociado."

Não foi isso que minha mãe perguntou, mas ela deixou passar.

6.

Trudy e eu estamos nos embebedando de novo e nos sentindo melhor, enquanto Claude, que começou depois e que tem uma massa corporal maior, ainda não nos alcançou. Ela e eu dividimos duas taças de Sancerre, ele toma o resto e depois volta à sacola de plástico em busca de um Borgonha. O recipiente cinzento de glicol ao lado da garrafa de vinho, sentinela da nossa festança. Ou *memento mori*. Depois de um branco penetrante, um *pinot noir* é como a carícia calmante de uma mãe. Ah, estar vivo quando existe uma uva como essa! Uma flor, um buquê de paz e razão. Como ninguém parece disposto a ler o rótulo, sou forçado a dar um palpite: um Échezeaux Gran Cru. Se encostassem na minha cabeça o pênis de Claude (ou, menos estressante, um revólver) para eu nomear o *domaine*, eu diria Romanée-Conti devido apenas aos toques picantes de cassis e cereja-preta. A sugestão de violetas e taninos suaves remete ao verão clemente e preguiçoso de 2005, a salvo de ondas de calor, embora um aroma intrigante e algo remoto de café moca, assim como o mais próximo sabor de banana madura, evoquem o *domaine* de Jean Grivot em 2009. Mas nunca saberei. Enquanto o solene conjunto de sabores, formado no auge da civilização, chega a mim, passa através de mim, encontro-me em meio ao horror, o espírito mergulhado em pensamentos.

Começo a desconfiar que minha impotência não seja transitória. Conceda-me todo o poder que o corpo humano pode suportar, recupere meus jovens músculos esculpidos de pantera e o olhar penetrante e duro, conduza este ser à mais extrema medida — matar o tio para salvar o pai. Entregue uma arma em suas mãos, um pé de cabra, um pernil de cordeiro congelado, faça-o se pôr atrás da cadeira do tio, de onde pode ver o anticongelante, e ficar fortemente motivado. Pergunte-se, pode ele — posso eu — fazer isto, destroçar esse aglomerado de ossos coberto de cabelo e espalhar seu conteúdo cinzento por cima da sujeira da mesa? Depois matar sua mãe, como única testemunha, livrar-se dos dois corpos numa cozinha de porão, tarefa só realizada em sonhos? E mais tarde limpar esta cozinha — outra tarefa impossível? Acrescente a possibilidade da prisão, do tédio enlouquecedor e do inferno que são as outras pessoas, e nem de longe as melhores pessoas. Seu companheiro de cela, mais forte que você, deseja ver televisão o dia inteiro durante trinta anos. Interessado em contrariá-lo? Então o veja encher uma fronha amarelada com pedras e olhar lentamente em sua direção, para o seu próprio aglomerado de ossos.

Ou imagine o pior: o ato ocorreu — as últimas células do fígado de meu pai foram dilaceradas por um cristal venenoso. Ele expeliu seus pulmões e seu coração. Agonia, coma, enfim a morte. Que tal a vingança? Meu avatar dá de ombros e pega seu casaco, murmurando ao sair que crime de honra não tem lugar na sociedade moderna. Que ele fale por si próprio.

"Fazer a lei com as próprias mãos — isso é coisa do passado, típica de velhos albaneses com rixas de família e subdivisões do Islã tribal. A vingança está morta. Hobbes tinha razão, meu jovem. O Estado precisa deter o monopólio da violência, um poder centralizado que inspire em todos nós um temor reverencial."

"Então, meu querido avatar, telefone agora para o Leviatã, chame a polícia, faça com que ela investigue."

"O que exatamente? O humor negro de Claude e Trudy?"

Inspetor: "E esse glicol na mesa, minha senhora?".

"Um encanador sugeriu que eu comprasse, senhor inspetor, para evitar que nossos velhos radiadores congelem no inverno."

"Então, caro futuro melhor de mim, vá até Shoreditch, alerte meu pai, conte a ele tudo que você sabe."

"Ele nunca acreditaria em mim. A mulher que ele ama e venera planejando matá-lo? Como obtive tal informação? Participei de alguma conversa na cama, estava escondido debaixo dela?"

Isso dito pela forma ideal de um ser poderoso e competente. Quais são então minhas chances, as de um quase bebê cego e de pernas para cima, vivendo ainda num espaço fechado, ligado à futura assassina por tubos de sangue venoso e arterial?

Silêncio! Os conspiradores estão conversando.

"Não é ruim que ele queira voltar para casa", diz Claude. "Faça um show de resistência e depois deixe ele vir."

"Ah, sim", ela diz, fria e sarcástica. "E preparo uma vitamina de boas-vindas."

"Eu não disse isso. Mas."

Só que eu acho que ele quase disse.

Fazem uma pausa para reflexão. Minha mãe estende a mão para pegar a taça de vinho. Sua epiglote se levanta e abaixa viscosamente ao beber e o líquido desce por seus vales naturais, passando — como tantas outras coisas — perto da sola de meus pés, fazendo a curva para dentro, vindo em minha direção. Como não gostar dela?

Ela pousa a taça e diz: "Ele não pode morrer aqui".

Com que facilidade Trudy fala sobre a morte dele!

"Você tem razão. Shoreditch é melhor. Você podia ir visitá-lo."

"E levar uma garrafa de anticongelante de uma safra especial para comemorarmos os bons tempos!"

"Leve um lanche. Salmão defumado, salada de repolho, palitos de chocolate. E... o negócio."

"Bláááááá!" Difícil reproduzir o som do ceticismo explosivo de minha mãe. "Eu o abandono, o ponho para fora de casa, arranjo um amante e aí levo um lanche para ele!"

Até eu gosto como meu tio se ofende com "arranjo um amante", insinuando que ainda haveria muitos por vir. É o que dizem "arranjo" e "um". Pobre-diabo. Só está tentando ajudar. Sentado diante de uma jovem e bela mulher de tranças douradas, sutiã de biquíni e shorts curtos numa cozinha sufocante, ela é um fruto inchado e adorável, um troféu que ele não pode se permitir perder.

"Não", ele diz com muito cuidado. A afronta à sua autoestima faz sua voz ficar mais aguda. "É uma reconciliação.

Você está se *penitenciando*. Chamando-o de volta. Para ficarem juntos. Uma espécie de pedido de paz, um momento para ser festejado, toalha estendida na mesa. Fique feliz!"

O silêncio de Trudy é a recompensa dele. Ela está pensando. Assim como eu. Na mesma e velha pergunta. O quanto Claude é realmente idiota?

Encorajado, ele acrescenta: "Uma salada de frutas pode ser uma opção".

Há poesia em sua insipidez, uma forma de niilismo que dá vida ao lugar-comum. Ou, pelo contrário, a banalidade desarmando uma ideia mais repugnante. Só ele seria capaz de se superar, e o faz depois de cinco segundos de reflexão.

"Sorvete está fora de questão."

Bom senso. Pertinente. Quem iria ou poderia fazer sorvete com um anticongelante?

Trudy suspira. Sussurra: "Você sabe, Claude, eu já amei esse homem".

Será que ele a vê como eu a imagino? O olhar verde está se nublando e, de novo, uma lágrima precoce cruza suavemente seu osso malar. Uma fina camada de suor cobre a pele rosada, cabelos finos libertados das tranças se transformam em filamentos reluzentes sob as lâmpadas do teto.

"Nós éramos bem jovens quando nos conhecemos. Quer dizer, nos conhecemos cedo demais. Numa pista de atletismo. Ele lançava dardos e quebrou algum recorde local. Eu ficava de joelhos bambos quando o via correr, carregando aquela lança. Parecia um deus grego. Uma semana depois ele me levou a Dubrovnik. Nem tínhamos uma varanda. Dizem que é uma cidade bonita."

Ouço o estalar desagradável de uma cadeira de cozinha.

Claude vê as bandejas do serviço de quarto empilhadas do lado de fora da porta do hotelzinho, as roupas de cama romanticamente amarfanhadas, a jovem quase nua de dezenove anos sentada diante de uma penteadeira de madeira compensada, suas costas perfeitas, uma toalha muito gasta no colo — uma pequena concessão à decência. John Cairncross, ciumentamente excluído, foi deixado fora da imagem, mas é grande e também está nu.

Sem se importar com o silêncio de seu amante, Trudy segue rápido, em tom mais alto, antes que a garganta se contraia e a emudeça. "Tentando ter um filho estes anos todos. E aí exatamente quando… exatamente quando…"

Exatamente quando! Um balangandã adverbial sem nenhum valor! Quando ela se cansou de meu pai e de sua poesia, eu já estava muito bem alojado para ser posto para fora. Ela chora agora por John como o fez pelo gato Hector. Talvez a natureza de minha mãe não vá suportar um segundo assassinato.

"Hã", diz Claude por fim, oferecendo sua migalha. "Leite derramado…"

Leite, algo repelente para um ser ainda não nascido e nutrido através do sangue, especialmente depois do vinho, mas que de qualquer maneira está no meu futuro.

Ele espera pacientemente para apresentar sua ideia de um lanche. De nada ajuda ficar ouvindo seu rival ser pranteado. Ou talvez ajude a concentrar seus pensamentos. Tamborila de leve os dedos na mesa, uma dessas coisas que ele costuma fazer. De pé, costuma chacoalhar as chaves da casa no bolso da calça ou ficar limpando inutilmente a garganta. Esses gestos vazios, inconscientes, são sinistros. Claude exala um leve cheiro de enxofre. Mas por um momento nos encontramos juntos, porque também estou esperando, perturbado pela fascinação doentia de conhecer o estratagema, como as pessoas desejam saber o final de uma peça de teatro. Ele não consegue expor suas ideias enquanto ela chora.

Um minuto depois, ela assoa o nariz e diz com voz rouca: "Seja como for, agora eu odeio aquele homem".

"Ele te fez muito infeliz."

Trudy concorda com a cabeça e assoa o nariz de novo. Agora o ouvimos apresentar seu opúsculo verbal. Seu estilo era o do evangelizador que bate à porta da casa dela para auxiliá-la a alcançar uma vida melhor. Essencial, ele nos diz, que minha mãe e eu o visitemos ao menos uma vez em Shoreditch antes da última e fatal visita. Impossível ocultar da Justiça que ela foi lá. Útil estabelecer que ela e John estavam de novo se dando bem.

A coisa, ele diz, tem que parecer suicídio, como se Cairncross tivesse preparado um coquetel para melhorar o gosto do veneno. Assim, na última visita, ela deixará lá as garrafas vazias de glicol e da vitamina comprada numa loja. Esses recipientes não devem conter nenhum vestígio de suas digitais. Ela vai precisar passar cera na ponta dos dedos. Ele tem o produto. E dos melhores. Antes de sair do apartamento de John, ela guardará os restos do lanche na geladeira. Suas digitais também não poderão aparecer em nenhuma embalagem nem nos papéis de embrulho. Deve parecer que ele comeu sozinho. Como beneficiária da herança de John, ela será investigada como suspeita de alguma conspiração. Por isso, todos os vestígios de Claude, em especial no quarto e no banheiro, devem ser eliminados, totalmente limpos, sem sobrar nem mesmo um fio de cabelo ou escama de pele. E, sinto que ela está pensando, nem uma cauda nem uma cabeça, agora imóveis, do último espermatozoide. Isso pode levar algum tempo.

Claude continua. Nada de ocultar os telefonemas que ela fez para ele. A companhia telefônica terá um registro de todos.

"Mas lembre. Não passo de um amigo."

É difícil para ele dizer estas últimas palavras, sobretudo quando minha mãe as repete como no catecismo. As palavras, estou começando a entender, criam verdades.

"Você não passa de um amigo."

"Isso. Eu telefonava de vez em quando. Para conversar. Cunhado. Ajudando você. Nada mais."

Sua apresentação foi feita em tom neutro, como se todos os dias ele matasse irmãos e maridos para ganhar a vida, um açougueiro honesto e bem conceituado cujo avental ensanguentado é posto junto com as roupas de cama e de banho na máquina de lavar da família.

Trudy começa a dizer: "Mas escute...", quando Claude a interrompe com um pensamento que lhe ocorreu de repente.

"Você viu? Uma casa na nossa rua, do mesmo tamanho, no mesmo estado? À venda por *oito* milhões!"

Minha mãe absorve isso em silêncio. Está assimilando o "nossa".

Interessante. Ganhamos mais um milhão por não termos matado meu pai antes. Como se costuma dizer, cada um constrói a própria sorte. Mas. (Como Claude diria.) Ainda não sei muito sobre assassinatos. No entanto, o plano dele está mais para um padeiro do que para um açougueiro. Cozido pela metade. A ausência de digitais na garrafa de glicol levantará suspeitas. Quando meu pai começar a se sentir mal, o que o impedirá de apelar para os serviços de emergência? Vão bombear seu estômago. Ele vai ficar bom. E então?

"Não me interessa o preço das casas", diz Trudy. "Isso fica para depois. A questão principal é a seguinte. Onde está o seu risco, que perigo você está correndo por querer uma parte do dinheiro? Se alguma coisa der errado e eu for apanhada, onde você vai estar depois que eu tiver eliminado qualquer vestígio seu no quarto?"

A franqueza dela me surpreende. Não chego a sentir alegria, mas a expectativa de uma alegria, um alívio nas entranhas. Uma dissensão entre os vilões, a trama, já de si inútil, agora arruinada, meu pai salvo.

"Trudy, vou estar a seu lado o tempo todo."

"Vai estar é seguro em sua casa. Álibis preparados. Capacidade total de negar tudo."

Ela estava pensando nisso. Pensando sem eu saber. Ela é uma tigresa.

Claude diz: "O negócio é que...".

"O que eu quero", minha mãe diz com uma veemência que endurece as paredes a meu redor, "é que você esteja envolvido nisso, e envolvido até o pescoço. Se eu for pega, você vai ser pego também. Se eu..."

A campainha da porta toca uma, duas, três vezes, e nós ficamos imóveis. De acordo com a minha experiência, ninguém nunca bateu tão tarde à nossa porta. O plano de Claude é tão furado que já fracassou, e aqui está a polícia. Ninguém mais toca uma campainha com essa insistência tão obstinada. Um aparelho de escuta havia sido instalado havia muito tempo na cozinha, eles tinham ouvido tudo. Trudy tem razão — nós todos vamos ser apanhados juntos. *Bebês atrás das grades* foi um documentário longo demais que ouvi uma tarde no rádio sem prestar muita atenção. Assassinas nos Estados Unidos, mães com filhos pequenos, tinham permissão de criá-los em suas celas. Isso foi apresentado como um louvável desenvolvimento. Mas me lembro de ter pensado que aqueles bebês não haviam feito nada de errado. Tratem de libertá-los! Ah, bom. Só nos Estados Unidos.

"Eu vou."

Ele se levanta e atravessa o cômodo até o interfone com vídeo preso à parede junto à porta da cozinha. Examina a telinha.

"É o seu marido", diz sem ênfase.

"Meu Deus." Minha mãe faz uma pausa para pensar. "Não adianta eu fingir que não estou aqui. Melhor você se esconder em algum lugar. Na lavanderia. Ele nunca…"

"Tem alguém com ele. Uma mulher. Uma garota. Bem bonita, aliás."

Outro silêncio. A campainha toca de novo. Mais demoradamente.

A voz de minha mãe soa controlada, embora tensa. "Nesse caso, vá lá e deixe eles entrarem. Mas, Claude, meu querido. Faça o favor de guardar essa garrafa."

7.

Certos artistas, escritores ou pintores, florescem em espaços confinados como os bebês em gestação. Seus temas estreitos podem desconcertar ou desapontar algumas pessoas. Rituais de fazer a corte entre os membros da pequena nobreza do século XVIII, a vida sob os velames de um barco, coelhos falantes, lebres esculpidas, retratos de gente obesa, de cachorros, de cavalos, de aristocratas, nus reclinados, milhões de cenas da natividade, crucificações, subidas ao céu, tigelas com frutas, flores em vasos. E pão e queijo holandeses com ou sem uma faca ao lado. Alguns escritores de prosa cuidam apenas de seus egos. Também no campo científico há quem dedique a vida a um caramujo albanês ou a um vírus. Darwin consagrou oito anos às cracas. E, mais velho e mais sábio, às minhocas. Milhares de pesquisadores passaram a vida correndo atrás do bóson de Higgs, uma coisinha de nada. Estar circunscrito a uma casca de noz, ver o mundo em cinco centímetros de marfim, num grão de areia. Por que não, quando toda a literatura, toda a arte e a iniciativa humana não passam de uma partícula no universo das coisas possíveis? E mesmo esse universo pode ser uma partícula numa infinidade de universos reais ou possíveis?

Assim, por que não fazer poesia sobre corujas?

Conheço-os pelas passadas. Descendo a escada para a cozinha, na frente vem Claude, depois meu pai, seguido pela amiga recém-contratada, de salto alto, talvez botinha, um calçado não ideal para caminhar em regiões de bosques. Por associação noturna, visto-a com uma jaqueta de couro e calça jeans preta e bem justa, faço-a jovem, pálida, bonita, uma mulher confiante. Como uma antena de rádio bem sintonizada, minha placenta está recebendo sinais de que minha mãe a detesta imediatamente. Pensamentos pouco razoáveis estão mexendo com a pulsação de Trudy, uma nova e ameaçadora batida de tambores, como se vinda de uma distante aldeia na floresta, traz mensagens de posse, raiva, ciúme. Pode haver alguma confusão adiante.

Em respeito a meu pai, sinto-me obrigado a defender nossa visitante: seu tema não é tão limitado, as corujas são mais diversificadas que os bósons ou as cracas, com duzentas espécies e uma vasta ressonância folclórica. A maioria ligada a maus agouros. Diferentemente de Trudy, com suas certezas viscerais, sou propenso à dúvida. Ou meu pai, que não é um simplório nem um santo, veio apresentar sua amante, pôr minha mãe em seu lugar (que fica no passado dele) e mostrar indiferença à infâmia do irmão, ou é um bobalhão total, ou santo demais, fazendo-se acompanhar por um de seus autores para obter proteção social, na esperança de ficar na presença de Trudy pelo máximo de tempo que ela tolerará. Ou algo mais além dessas duas hipóteses, alguma coisa demasiado obscura para ser vislumbrada. O mais simples, pelo menos por agora, é seguir minha mãe e pressupor que essa amiga é amante de meu pai.

Nenhuma criança, muito menos um feto, jamais dominou a arte da conversa fiada ou desejaria fazê-lo. É um truque de adultos, um pacto com o tédio e a falsidade. No caso, mais com esta última. Depois de um arrastar generalizado de cadeiras, o oferecimento de vinho e a retirada da rolha, um comentário de Claude sobre o calor é respondido com um assentimento chocho e monossilábico de meu pai. Uma troca descontínua de palavras entre os irmãos projeta a mentira de que nossos visitantes estavam apenas de passagem. Trudy permanece calada, até mesmo quando a poeta é apresentada como Elodia. Ninguém comenta a elegante geometria social de um casal e seus amantes ao redor de uma mesa, saudando-se ao erguerem suas taças, um *tableau vivant* da frágil vida moderna.

Meu pai não parece perturbado por ver o irmão em sua cozinha, abrindo a garrafa de vinho, fazendo o papel de anfitrião. Isso significa que John Cairncross nunca foi o enganado, o corno que tudo desconhecia. Meu subestimado pai bebe mansamente e pergunta a Trudy como ela está se sentindo. Não muito cansada, ele espera. O que pode ter sido ou não uma leve alfinetada, uma alusão sexual. Aquele tom choroso dele desapareceu. Substituído pela indiferença ou pela ironia. Só o desejo satisfeito poderia tê-lo libertado. Trudy e Claude devem estar curiosos para saber por que a vítima deles se encontra lá, o que ela deseja, porém não lhes ocorre indagar.

Em vez disso, Claude pergunta a Elodia se ela mora perto dali. Não, não mora. Mora em Devon, num estúdio dentro de uma fazenda, perto de um rio, com isso informando Trudy de que, em Londres, ela passará as noites debaixo dos lençóis de John em Shoreditch. Está fincando um marco. Gosto do tom de sua voz, semelhante, eu diria, ao de um oboé ligeiramente rachado, com um grasnido de pato nas vogais. E lá para o fim de suas frases ela emite um som gutural, quase de gargarejo ou rosnado. Trata-se de algo que se espalha pelo mundo ocidental e vem sendo muito discutido no rádio; de causa desconhecida, é visto como um toque de sofisticação, sendo mais comum entre mulheres jovens e com bom nível educacional. Um enigma agradável. Com uma voz daquelas ela podia enfrentar minha mãe em condições de igualdade.

Nada no comportamento de meu pai sugere que, nessa mesma tarde, seu irmão lhe ofereceu cinco mil libras em dinheiro vivo. Nenhuma gratidão, o desprezo fraternal de sempre. Isso deve estimular o antigo ódio de Claude. E em mim, de modo mais hipotético, um ressentimento *em potencial*. Apesar de ver meu pai como um tolo abandonado pela mulher amada, sempre admiti que, caso as coisas se tornassem intoleráveis com Claude e eu não conseguisse reunir os dois, poderia viver com ele, pelo menos por um tempo. Até poder andar. Mas não creio que essa poeta me receberia — jeans preto e justo com casaco de couro não são uma indumentária maternal. Isso é parte da atração que ela exerce. Na minha estreita maneira de ver, meu pai estaria melhor sozinho. Uma beleza pálida e a voz confiante de um pato não são meus aliados. Mas talvez não haja nada entre eles, e eu gosto dela.

Claude acabou de dizer: "Um estúdio? Numa fazenda? Que maravilha". Elodia está descrevendo com seu rosnar urbano um chalé na beira de um rio escuro que faz espuma ao correr entre grandes pedras redondas de granito, uma precária pontezinha para pedestres, um bosque de faias e bétulas, uma clareira enfeitada com anêmonas e celidôneas, campainhas e euforbiáceas.

"Perfeito para uma poeta que canta a natureza", diz Claude.

Isso é tão verdadeiro e banal que deixa Elodia sem reação. Ele continua a pressionar. "Isso tudo fica a que distância de Londres?"

O "tudo" se refere aos inúteis rio, pedras, árvores e flores. Desalentada, ela mal consegue juntar as palavras. "Uns trezentos e vinte quilômetros."

Ela adivinha que ele vai perguntar sobre a estação ferroviária mais próxima e qual a duração da viagem, informação que em breve ele esquecerá. Mas ele pergunta, ela responde e nós três ouvimos, nem estupefatos nem entediados. Cada um de nós, de ângulos diferentes, está fixado no que não é dito. Os amantes, se Elodia for uma, as duas partes estranhas ao casal constituem a carga dupla de explosivos que vai implodir aquele lar. E me lançar para o alto, rumo ao inferno, para o meu décimo terceiro andar.

No tom suave de quem busca salvar a situação, John Cairncross menciona que gosta do vinho, um estímulo para que Claude encha de novo as taças. Enquanto faz isso, um véu de silêncio cai sobre todos nós. Visualizo uma corda bem esticada de piano aguardando a repentina queda do martelo de feltro. Trudy está prestes a falar. Sei pelo percurso sincopado das batidas de seu coração segundos antes da primeira palavra.

"Essas corujas. São reais ou, sei lá, representam alguma coisa?"

"Ah, não", diz Elodia às pressas. "São reais. Escrevo o que vejo. Mas o leitor, você sabe, *carrega* seus símbolos, suas associações. Não posso impedir esse processo. É assim que a poesia funciona."

"Sempre penso nas corujas", diz Claude, "como sábias."

A poeta faz uma pausa, farejando o ar atrás do cheiro de sarcasmo. Ela está começando a entendê-lo e diz sem se comprometer: "Pois é. Não há nada que eu possa fazer".

"As corujas são cruéis", diz Trudy.

Elodia: "Assim como os tordos. Como a natureza".

Trudy: "Aparentemente não são comestíveis".

Elodia: "E a coruja que está chocando é venenosa".

Trudy: "É, a que choca é capaz de matar".

Elodia: "Acho que não. Quem come apenas fica mal".

Trudy: "Mas ela enfia as garras na cara da gente".

Elodia: "Isso nunca acontece. Elas são muito tímidas".

Trudy: "Não quando provocadas".

A conversa é amena, o tom neutro. Conversa fiada ou uma troca de ameaças e insultos — me falta experiência social para saber. Se estou bêbado, Trudy também deve estar, mas nada no comportamento dela sugere isso. O ódio por Elodia, agora vista como rival, pode ser um elixir de sobriedade.

John Cairncross parece contente em entregar sua mulher a Claude Cairncross. Isso enfurece minha mãe, convicta de que o abandono e a transferência devem ser decisões *dela*. Pode negar Elodia a meu pai. Pode lhe negar a própria vida. Mas devo estar enganado. Meu pai recitando na biblioteca, parecendo valorizar cada segundo na presença de minha mãe, permitindo que ela o ponha na rua. (*Vá embora!*) Não confio em meu julgamento. Nada parece no lugar certo.

Mas não há tempo para pensar agora. Ele se põe de pé, bem acima de todos nós, taça de vinho na mão, quase sem se balançar, pronto para fazer um discurso. Silêncio geral.

"Trudy, Claude, Elodia, talvez eu seja breve, talvez não. Que importa? Quero dizer o seguinte. Quando o amor morre e um casamento se desfaz, a primeira vítima é a lembrança sincera, a recordação decente e imparcial do passado. Inconveniente demais, prejudicial demais ao presente. É o fantasma da felicidade no passado que comparece à festa do fracasso e da desolação. Por isso, indo contra o vento do esquecimento, quero acender minha pequena vela da verdade e ver até onde chega sua luz. Quase dez anos atrás, na costa da Dalmácia, num hotel vagabundo de onde não se via o Adriático, num quarto que era um oitavo desta cozinha, numa cama com uns noventa centímetros de largura, Trudy e eu descobrimos o amor, o êxtase e a confiança mútua, a alegria e a paz sem limites de espaço e tempo, mais além das palavras. Demos as costas ao mundo para inventar e construir nosso próprio mundo. Excitamo-nos um ao outro com fingidas violências e também nos paparicamos e acariciamos, nos demos apelidos, criamos uma linguagem toda nossa. Não havia vergonha entre nós. Demos e recebemos, nos permitimos tudo. Fomos heroicos. Acreditamos estar num cume que ninguém, não na vida real, não na poesia, jamais tinha alcançado. Nosso amor era tão belo e grandioso que nos parecia um princípio universal. Era um sistema de ética, um modo tão fundamental de nos relacionar com os outros que o mundo, sabe-se lá como, havia deixado de notar. Quando nos deitávamos na cama estreita, nos olhando no fundo dos olhos e conversando, pela primeira vez fomos seres plenos. Ela pegou minhas mãos, beijou e, pela primeira vez na vida, não tive vergonha delas. Nossas famílias, que descrevemos em pormenores um para o outro, por fim fizeram sentido para nós. Amamos nossos familiares ardentemente, apesar das dificuldades do passado. O mesmo com nossos melhores e mais importantes amigos. Éramos capazes de perdoar todas as pessoas que conhecíamos. Nosso amor era pelo bem do mundo. Trudy e eu nunca tínhamos falado ou ouvido com tanta atenção. Nossas relações sexuais eram um prolongamento das conversas, nossas conversas um prolongamento das relações sexuais.

"Quando aquela semana terminou e voltamos, nos instalando aqui na minha casa, o amor continuou por meses e depois anos. Parecia que nunca nada iria interrompê-lo. Por isso, antes de prosseguir, ergo um brinde a esse amor. Que ele nunca seja negado, esquecido, distorcido ou rejeitado como uma ilusão. Ao nosso amor. Ele aconteceu. Ele foi verdadeiro."

Ouço um arrastar de pés e um murmúrio relutante de concordância; mais perto, ouço minha mãe engolir em seco antes de fingir que está bebendo por causa do brinde. Acho que ela não gostou do "minha casa".

"Agora", meu pai continua, baixando a voz, como se entrasse num velório, "esse amor chegou ao fim. Nunca se desfez em mera rotina nem se transformou em proteção contra a velhice. Morreu rápido, tragicamente, como está fadado a ocorrer com os grandes amores. A cortina desce. Está terminado, e fico feliz. Trudy está feliz. Todos que nos conhecem estão felizes e aliviados. Confiávamos um no outro, agora não mais. Nos amávamos, agora eu a detesto tanto quanto ela me detesta. Trudy, minha querida, mal consigo olhar para você. Houve momentos em que poderia tê-la estrangulado.

Sonhei, sonhos felizes, em que via meus dedos apertando suas carótidas. Sei que você sente o mesmo a meu respeito. Mas isso não é motivo de pena. Pelo contrário, vamos nos alegrar. Esses são apenas os sentimentos sombrios de que precisamos nos libertar para renascermos numa nova vida e num amor novo. Elodia e eu encontramos esse amor e estamos unidos por ele pelo resto de nossa vida."

"Espere", diz Elodia. Acho que ela teme o gosto de meu pai pela indiscrição.

Mas ele não admite ser interrompido. "Trudy e Claude, estou feliz por vocês. Encontraram-se no momento perfeito. Ninguém negará isso, vocês realmente se merecem."

Isso é uma maldição, embora meu pai soe impenetravelmente sincero. Estar unida a um homem tão insípido, porém com tamanho vigor sexual quanto Claude, é um destino complexo. Seu irmão sabe disso. Mas silêncio. Ele ainda está falando.

"Há acertos a serem feitos. Haverá atritos e tensão. Mas o esquema geral é simples, o que é uma bênção para todos nós. Claude, você tem sua grande e bela casa em Primrose Hill, e você, Trudy, pode se mudar para lá. Vou trazer algumas coisas de volta para cá amanhã. Depois que você se for e os decoradores tiverem acabado o serviço, Elodia virá morar comigo aqui. Sugiro que não nos vejamos por um ano ou coisa parecida, e depois decidimos o que fazer. O divórcio deve ser simples. O importante é nos lembrarmos o tempo todo de sermos racionais e educados, lembrarmos de como tivemos a sorte de haver encontrado o amor outra vez. Está bem? Bom. Não, não, não se levante. Sabemos como sair. Trudy, se você estiver aqui, a vejo amanhã. Não vou me demorar — tenho de seguir logo para St. Albans. Aliás, achei minha chave."

Ouve-se o ruído de uma cadeira quando Elodia se põe de pé. "Espera, posso dizer uma coisa agora?"

Meu pai é afável e firme: "Não é nem um pouquinho adequado".

"Mas..."

"Vamos. Hora de ir. Obrigado pelo vinho."

Um limpar de garganta, depois os passos deles se afastam pela cozinha e ao subir a escada.

Minha mãe e seu amante ficam sentados em silêncio enquanto os ouvimos sair. A porta da frente no andar de cima é fechada com um baque definitivo. Um ponto final. Trudy e Claude estão perplexos, eu estou agitadíssimo. O que eu fui na peroração de meu pai? Um morto. De cabeça para baixo num túmulo dentro da barriga de sua odiada ex-mulher. Nem uma só menção, nem mesmo num comentário lateral, nem mesmo ignorado como uma irrelevância. Um ano "ou coisa parecida" deve transcorrer antes que meu salvador me veja. Ele rendeu homenagens às lembranças sinceras e se esqueceu de mim. Correndo rumo a seu próprio renascimento, ignorou o meu nascimento. Pais e filhos. Ouvi uma vez e nunca esquecerei. *O que os liga na natureza? Um instante de tesão cego.*

Tente o seguinte. Ele se mudou para Shoreditch a fim de testar o relacionamento com Elodia. Deixou vaga a casa no Terrace para que Claude pudesse se instalar e oferecer a John um bom motivo para expulsar Trudy. As visitas ansiosas, a poesia apaixonada, até a chave perdida foram estratagemas, infundindo nela maior segurança em Claude, fazendo-os se aproximarem mais.

Claude está servindo mais vinho. Nessas circunstâncias, é um alívio vê-lo recorrer com precisão a seu pensamento mais fátuo.

"Olha só."

Trudy não fala por trinta segundos. Quando o faz, as palavras são pouco nítidas, mas sua determinação é clara.

"Quero ele morto. E tem que ser amanhã."

8.

Fora dessas paredes quentes e pulsantes, uma história gélida desliza rumo à sua tétrica conclusão. As nuvens do meio do verão são pesadas, não se vê a lua no ar parado. Mas minha mãe e meu tio estão às voltas com uma tempestuosa conversa hibernal. A rolha é retirada de mais uma garrafa e, cedo demais, de outra. Eu estou num tremendo porre, meus sentidos embaçam as palavras, porém nelas ouço a forma da minha ruína, figuras indistintas numa tela ensanguentada, numa luta sem esperança com o destino deles. As vozes sobem e descem de tom. Quando não se acusam ou brigam, conspiram. O que é dito paira no ar como a camada de poluição em Beijing.

Vai acabar mal, e a casa também sente o fracasso. No auge do verão, a ventania de fevereiro verga e quebra os sincelos que pendem dos beirais, varre os tijolos quase soltos do coruchéu, arranca as telhas — aquelas lousas em branco. A friagem penetra pela massa apodrecida dos vidros não lavados, sobe pelos ralos da cozinha. Estou tiritando aqui. Mas não vai acabar, o mal será duradouro, até que um desenlace ruim pareça uma bênção. Nada será esquecido, nada correrá para os esgotos. A imundície se esconde em dobras invisíveis que os encanadores não conseguem alcançar, está suspensa nos armários junto com os casacos de inverno de Trudy. Esse fedor intenso demais alimenta os tímidos camundongos ocultos atrás dos rodapés, transformando-os em ratos. Ouvimos o ruído que fazem ao roer e suas imprecações, mas ninguém se surpreende. De vez em quando, minha mãe e eu nos retiramos a fim de que ela possa acocorar-se para urinar copiosamente enquanto geme. Em contato com meu crânio, sinto sua bexiga se encolher e fico aliviado. De volta à mesa, para mais maquinações e longas arengas. Era meu tio imprecando, não os ratos. A roedura era de minha mãe comendo nozes salgadas. Incessantemente, ela come por mim.

Aqui, sonho com meus direitos: segurança, paz sem estar sujeito à força da gravidade, nenhum trabalho a fazer, nenhum crime ou culpa. Penso no que deveria ter desfrutado durante o confinamento. Duas noções conflitantes me perseguem. Tomei conhecimento delas num podcast que minha mãe deixou ligado enquanto falava ao telefone. Estávamos num sofá na biblioteca de meu pai, as janelas abertas de par em par, em outro meio-dia quente e úmido. O tédio, disse um tal Monsieur Barthes, não está longe da beatitude; as pessoas veem o tédio da perspectiva do prazer. Isso mesmo. A condição do feto moderno. Pense bem: nada a fazer senão existir e crescer, em que o crescimento não representa um ato consciente. A alegria da existência pura, o tédio dos dias iguais. A beatitude prolongada é um tédio existencial. Este confinamento não devia ser uma prisão. Aqui possuo o privilégio e o luxo da solidão. Falo como um inocente, porém concebo um orgasmo prolongado até a eternidade — que tal esse tédio no reino do sublime?

Esse era meu patrimônio até que minha mãe desejou meu pai morto. Agora vivo dentro de uma história e me inquieto com seu desfecho. Onde está o tédio ou a beatitude disso?

Meu tio se levanta da mesa da cozinha, cambaleia na direção da parede para apagar as luzes e revelar a alvorada. Se fosse meu pai, teria declamado uma poesia do alvorecer. Mas agora só existe uma preocupação prática — é hora de ir para a cama. É um alívio que estejam bêbados demais para fazer sexo. Trudy se põe de pé, balançamos juntos. Se eu pudesse virar de cabeça para cima por um minuto, ficaria menos enjoado. Como sinto saudades de meus dias espaçosos de dar cambalhotas no oceano!

Com um pé no primeiro degrau, ela para a fim de avaliar a subida à sua frente. A escada se levanta, íngreme, e se afasta como se rumasse para a lua. Sinto que ela agarra o corrimão por minha causa. Ainda a amo, mas se ela cair para trás eu morro. Agora estamos subindo. Na maior parte do tempo Claude segue à nossa frente. Devíamos estar presos por uma corda. Agarre-se com mais força, mãe! É um trabalho árduo e ninguém fala. Depois de muitos minutos, de muitos suspiros e gemidos, atingimos o segundo andar, e os últimos quatro metros embora planos também sejam difíceis.

Ela se senta no seu lado da cama para tirar um pé da sandália, tomba de lado com ele ainda na mão, e cai no sono. Claude a sacode para acordá-la. Juntos vão tateando ao banheiro, remexem as gavetas entupidas em busca de dois gramas de paracetamol para cada um, a fim de evitar a ressaca.

Claude observa: "Amanhã vai ser um dia longo".

Ele quer dizer hoje. Meu pai deve chegar às dez, agora são quase seis. Por fim estamos todos deitados. Minha mãe reclama que o mundo, o seu mundo, gira quando ela fecha os olhos. Pensei que Claude fosse mais estoico, feito, como ele diria, de outro estofo. Não era. Minutos depois, corre para o cômodo ao lado, cai de joelhos e abraça o vaso sanitário.

"Levante o assento", Trudy grita.

Silêncio, até que a coisa vem em pequenas porções, produzidas com esforço. Mas ele fazia barulho. Um longo urro subitamente interrompido, como se um fã de futebol tivesse levado uma facada em meio à cantoria da torcida.

Lá pelas sete estavam dormindo. Eu não. Meus pensamentos giram com o mundo de minha mãe. Minha rejeição por meu pai, seu possível destino, minha responsabilidade no caso, e depois meu próprio destino, minha incapacidade de alertar ou agir. E meus companheiros de cama. Incapacitados demais para tentar? Ou pior, fazer a coisa com incompetência, sendo apanhados e presos. Daí a imagem de prisão que tem me perseguido. Começar a vida numa cela, sem conhecer a beatitude, sendo o tédio um privilégio pelo qual cumpre lutar. E se eles tivessem êxito — então seria um vale no Paquistão. Não vejo nenhuma opção, nenhuma escapatória plausível para a possibilidade de ser feliz. Queria não nascer nunca...

Dormi além da hora. Fui acordado por um berro e movimentos bruscos, desordenados. Minha mãe na Parede da Morte. Mas não. Ou não nesse lugar. É ela descendo a escada rápido demais, a mão descuidada mal tocando no corrimão. É assim que tudo poderia terminar, uma vareta solta ou uma dobra do tapete puído, a queda de cabeça, depois minha melancolia particular perdida na escuridão eterna. Só posso me agarrar à esperança. O berro foi de meu tio. Ele chama de novo.

"Apaguei por causa da bebida. Temos vinte minutos. Prepare o café. Eu faço o resto."

Os planos confusos dele sobre Shoreditch foram abandonados devido à ânsia de velocidade de minha mãe. Afinal, John Cairncross não é o idiota que ela imaginava. Vai enxotá-la, e logo. Precisa agir hoje. Não há tempo para cuidar das tranças. Ela ofereceu hospitalidade à amante do marido — rejeitada antes de poder rejeitar, como dizem nos programas vespertinos de aconselhamento sentimental. (Os adolescentes telefonam com problemas que deixariam atônitos um Platão ou um Kant.) A raiva de Trudy é oceânica — vasta e profunda, é seu meio ambiente, sua personalidade. Sei através de seu sangue alterado que passa por mim, no desconforto granular onde as células são perturbadas e comprimidas, as plaquetas despedaçadas. Meu próprio coração está lutando com o sangue raivoso de minha mãe.

Estamos sãos e salvos no térreo em meio ao agitado zumbido matinal das moscas que circulam pelo lixo do vestíbulo. Para elas, as sacolas de plástico abertas se erguem como reluzentes torres residenciais com jardins na cobertura. As moscas vão lá para pastar e vomitar a seu bel-prazer. A indolência geral que elas exibem depois de empanturradas sugere uma sociedade dedicada à recreação amena, a propósitos comunitários e tolerância mútua. Esses seres sonolentos e invertebrados parecem estar de bem com o mundo, adorando a riqueza da vida em toda sua putrefação. Enquanto nós somos uma forma inferior, medrosa e em permanente discórdia. Estamos muito nervosos, indo rápido demais.

A mão de Trudy que fica para trás agarra o pilar do corrimão e fazemos uma curva veloz. Dez passos e nos encontramos diante da escada para a cozinha. Nenhum corrimão para nos conduzir lá para baixo. Caiu da parede, ouvi dizer, numa explosão de pó e pelos de cavalo misturados ao reboco, antes da minha época — se é que esta é a minha época. Só restam buracos irregulares. Os degraus são de madeira crua de pinho, com manchas gordurosas e escorregadias, palimpsestos de coisas derramadas e esquecidas, carne e banha pisadas, manteiga derretida que escorreu das torradas que meu pai costumava levar para a biblioteca sem um prato embaixo. Mais uma vez ela segue às pressas, e isso pode ser fatal, a queda de cabeça. Tal pensamento tinha acabado de iluminar meus terrores, quando sinto um pé escorregando para trás, uma guinada para a frente, um impulso de voar — imediatamente contrabalançados pelo retesamento apavorado dos músculos inferiores das costas dela, enquanto atrás de meu ombro ouço o som angustiante de tendões se esticando e testando sua ancoragem nos ossos.

"Minhas costas", Trudy rosna. "A porra das minhas costas."

Mas valeu a dor, pois ela recupera o equilíbrio e desce os degraus que faltam com cuidado. Claude, ocupado na pia da cozinha, faz uma pausa para emitir um som de solidariedade e continua com suas tarefas. Como ele diria, o tempo não espera por ninguém.

Ela se aproxima dele. "Minha cabeça", sussurra.

"E a minha." Então ele lhe mostra. "Acho que é a predileta dele. Bananas, abacaxi, maçã, menta e germe de trigo."

"Aurora tropical?"

"Positivo. E aqui está o troço. Suficiente para derrubar dez bois."

Ele derrama os dois líquidos no liquidificador e liga o aparelho.

Quando o barulho cessa, ela diz: "Ponha na geladeira. Vou fazer o café. Esconda esses copos de papel. Não toque neles sem luva".

Estamos diante da máquina de café. Ela encontrou os filtros, pega o pó com uma colher, coloca a água. Trabalhando bem.

"Lave algumas canecas", ela comanda. "E deixe na mesa. Deixe as coisas prontas no carro. A luva de John está em algum lugar no depósito de ferramentas. Você precisa tirar a poeira dela. E há um saco plástico por lá."

"Está bem, está bem." Já de pé muito antes dela, Claude parece irritado por Trudy assumir o controle. Me esforço para acompanhar a troca de palavras entre os dois.

"Meu troço e o extrato do banco estão em cima da mesa."

"Eu sei."

"Não esqueça o recibo."

"Não vou esquecer."

"Amasse um pouco o papel."

"Amassei."

"Com a sua luva. Não com a dele."

"Sim!"

"Você estava de chapéu na Judd Street?"

"Claro."

"Ponha num lugar onde ele possa ver."

"*Já pus.*"

Mas ele estava junto à pia, lavando canecas com crostas de sujeira, fazendo o que lhe tinha sido ordenado. Ela não se deixa influenciar pelo tom de voz dele e acrescenta: "Devíamos dar um jeito nesta cozinha".

Ele resmunga. Ideia insensata. A boa esposa Trudy deseja dar as boas-vindas ao marido com uma cozinha arrumada.

Mas certamente nada disso vai funcionar. Elodia sabe que meu pai está sendo esperado aqui. Talvez meia dúzia de amigos também saiba. Londres, de norte a leste, vai apontar o dedo por cima do cadáver. Trata-se de uma bela *folie à deux*. Minha mãe, que nunca teve um emprego, poderia se transformar numa assassina? Uma profissão dura, não apenas em termos de planejamento e execução, mas depois, quando a carreira de fato começasse. Pense bem, eu quero lhe dizer, antes mesmo do aspecto ético, sobre as inconveniências: detenção ou culpa, ou ambas as coisas; expediente longo, incluindo fins de semana e noites pelo resto da vida. Nada de remuneração, de benefícios extras, nada de pensão — só remorsos. Ela está cometendo um erro.

Mas os amantes estão fechados, como só os amantes podem estar. A atividade na cozinha os mantém imperturbáveis. Limpam da mesa os detritos da noite anterior, varrem ou empurram para o lado restos de comida, tomando depois mais analgésicos com um gole de café. É todo o café da manhã que terei. Concordam em que não há mais nada para fazer nas imediações da pia. Minha mãe resmunga instruções ou diretrizes. Claude fala pouco. Toda vez a interrompe. Talvez esteja repensando a decisão.

"Mais animado, está bem? Analisamos cuidadosamente tudo que ele disse ontem à noite e decidimos..."

"Certo."

Depois de alguns minutos de silêncio: "Não vá oferecendo logo. Precisamos...".

"Não vou fazer isso."

E de novo: "Dois copos vazios, para mostrar que já bebemos também. E a embalagem da Paraíso das Vitaminas...".

"Feito. Atrás de você."

Depois dessa palavra, fomos surpreendidos pela voz de meu pai do alto da escada da cozinha. Óbvio, ele tem sua chave. Está na casa.

Ele fala aqui para baixo: "Estou tirando as coisas do carro. Daqui a pouco nos vemos".

Seu tom de voz é rude, competente. Um amor do outro mundo o trouxe para este.

Claude sussurra: "E se ele trancar?".

Estou próximo ao coração de minha mãe, conheço seus ritmos e suas alterações repentinas. E agora! Ele acelera por causa da voz de meu pai, e há um som adicional, uma perturbação nos ventrículos, como o chocalhar de maracas distantes ou de cascalho sacudido de leve numa lata. Daqui de baixo eu diria que é uma válvula semilunar cujas extremidades estão se fechando com muita força e ficando grudadas. Ou poderiam ser os dentes dela.

Mas para o mundo minha mãe parece serena. Ela continua dona e soberana de sua voz, que é regular e não condescende em sussurros.

"Ele é um poeta. Nunca tranca o carro. Quando eu lhe der o sinal, leve as coisas para lá."

9.

Meu querido pai,

Antes de você morrer, gostaria de lhe dizer uma coisa. Não temos muito tempo. Bem menos do que você imagina, por isso me desculpe eu ir direto ao assunto. Preciso recorrer à sua memória. Houve uma manhã em sua biblioteca, um domingo em que caiu uma chuva incomum no verão e o ar ficou livre de poeira. As janelas estavam abertas, ouvimos um tamborilar nas folhas. Você e minha mãe quase pareciam um casal feliz. Você recitou um poema, bom demais para ser seu, como acho que seria o primeiro a admitir. Curto, denso, amargo até o limite da resignação, difícil de entender. Do tipo que mexe com a gente, que machuca a gente antes mesmo que se saiba bem o que foi dito. Era dirigido a um leitor despreocupado, indiferente, a um amante perdido, acredito que a uma pessoa real. Em catorze versos, falava de uma afeição sem esperança, de uma angústia inconsolável, de um desejo não realizado e não reconhecido. Evocava um rival, poderoso em matéria de talento ou posição social, ou ambas as coisas, e se curvava numa postura de autoanulação. O tempo traria sua vingança, mas ninguém se importaria ou saberia a menos que tivesse lido aqueles versos.

Penso na pessoa a quem o poema se dirigia como no mundo que estou prestes a conhecer. Já o amo demais. Não sei o que ele fará de mim, se vai cuidar de mim ou até mesmo notar minha presença. Visto daqui ele parece pouco bondoso, despreocupado com a vida, com as vidas. As notícias são brutais, irreais, um pesadelo do qual não conseguimos acordar. Ouço com minha mãe, atento e tristonho. Jovens escravizadas, abençoadas religiosamente e depois estupradas. Tonéis usados como bombas nas cidades, crianças usadas como bombas em mercados de rua. Ouvimos falar de um caminhão trancado à beira de uma estrada na Áustria, onde setenta e um imigrantes foram abandonados até entrar em pânico, sufocar e apodrecer. Só os corajosos poderiam transportar sua imaginação até os instantes finais daqueles seres. Vivemos novos tempos. Talvez sejam antigos. Mas aquele poema também me faz pensar em você e em suas palavras de ontem à noite, e em como não quer ou não pode retribuir meu amor. Daqui onde estou, você, minha mãe e o mundo são uma coisa só. Hipérbole, eu sei. O mundo também está cheio de maravilhas, razão pela qual ando tolamente apaixonado por ele. E amo e admiro vocês dois. O que estou dizendo é que tenho medo da rejeição.

Por isso, recite outra vez para mim aquele poema com seu último sopro de vida, que eu o repetirei para você. Que seja a última coisa que ouvirá. Saberá então o que quero dizer. Ou tome um caminho mais agradável, viva em vez de morrer, aceite seu filho, pegue-me nos braços, exija que eu seja só seu. Em troca, lhe darei um conselho. Não desça a escada. Grite um até-logo despreocupado, entre no carro e vá embora. Ou, se precisar descer, recuse a vitamina de frutas, fique apenas o tempo necessário para se despedir. Explico depois. Até então, permaneço seu filho obediente...

Estamos sentados à mesa da cozinha, acompanhando em silêncio os passos intermitentes de meu pai no andar de cima trazendo as caixas com livros e as deixando na sala. Os assassinos consideram um estorvo qualquer conversa à toa antes do ato. Boca seca, pulso fraco, pensamentos vertiginosos. Até Claude perdeu a fala. Ele e Trudy bebem mais café puro. Depois de cada gole, pousam as canecas de volta sem fazer barulho. Não estão usando pires. Há um relógio que eu não tinha notado antes, tiquetaqueando em iambos contemplativos. Na rua, uma caminhonete de entrega com som de música pop se aproxima e se afasta com um ligeiro efeito Doppler, a banda sem graça subindo e descendo um microtom, mas se mantendo afinada. Há ali uma mensagem para mim, embora eu não a entenda. Os analgésicos estão fazendo efeito, porém o benefício é apenas a clareza, quando a insensibilidade me seria mais útil. Eles repassaram o plano duas vezes e está tudo certo. Os copos, a poção, a "coisa", algum negócio do banco, o chapéu, a luva, o recibo, o saco plástico. Estou confuso. Deveria ter escutado na noite anterior. Não sei se o plano está indo bem ou prestes a fracassar.

"Eu poderia subir e ajudá-lo", diz Claude por fim. "Você sabe, Deus ajuda a quem..."

"Está bem, está bem. Espera." Minha mãe não suporta ouvir o resto. Ela e eu temos muita coisa em comum.

Ouvimos a porta da frente se fechar e, segundos depois, aquele mesmo sapato — com sola de couro à moda antiga — soando na escada, como havia soado na noite anterior, quando ele desceu com a amante e selou seu destino. Ele assobia desafinado enquanto se aproxima. Mais para Schoenberg que para Schubert, um simulacro de descontração — e não o sentimento verdadeiro. Portanto nervoso, apesar do discurso despótico. Não é nada fácil expulsar da casa que você adora o seu irmão e a mulher que você odeia e que carrega um filho seu. Ele está mais perto agora. Meu ouvido está grudado de novo à parede viscosa. Não há entonação, pausa ou palavra mastigada que eu queira perder.

Minha família informal dispensa os cumprimentos.

"Eu esperava ver sua mala já perto da porta." Diz isso num tom espirituoso e, como sempre, ignora o irmão.

"Nenhuma chance", diz minha mãe com suavidade. "Sente-se e tome um café."

Ele se senta. Som de líquido sendo servido, o tilintar de uma colherzinha.

Depois meu pai: "Está vindo aí um pessoal para remover a sujeira inacreditável do vestíbulo".

"Aquilo não é sujeira. É uma afirmação."

"De quê?"

"Protesto."

"Ah, é?"

"Contra o seu descaso."

"Ora, ora!"

"Comigo. E com o nosso bebê."

Essa era para pôr na conta da nobre causa do realismo, do plausível. Uma recepção untuosa poderia fazê-lo levantar a guarda. E chamar a atenção dele para seus deveres paternos — bravo!

"Eles vão chegar ao meio-dia. A turma da dedetização também. Vão fumigar a casa."

"Não enquanto estivermos aqui, não mesmo."

"Problema seu. Vão começar ao meio-dia."

"Vão ter que esperar um ou dois meses."

"Paguei em dobro para que não se importassem com você. E eles têm uma chave."

"Ah", diz Trudy, com ar de quem estava realmente entristecida. "Pena que você tenha gasto tanto dinheiro. Além do mais, dinheiro de poeta."

Claude entra em ação, cedo demais para Trudy. "Fiz essa deliciosa…"

"Meu querido, todo mundo precisa de mais café."

O homem que arrasa minha mãe entre os lençóis obedece como um cachorrinho. Sexo, começo a entender, é um reino nas montanhas, secreto e inviolado. No vale, aqui embaixo, só conhecemos rumores dele.

Enquanto Claude se curva sobre a máquina na outra extremidade da cozinha, minha mãe diz com voz agradável para o marido: "Já que estamos falando disso, soube que seu irmão foi muito generoso com você. Cinco mil libras! Que cara de sorte! Você lhe agradeceu?".

"Ele vai receber de volta, se é o que você quer dizer."

"Assim como o último."

"Ele vai receber esse também."

"Odeio pensar que você está gastando tudo isso com os fumigadores."

Meu pai ri com genuíno prazer, "Trudy! Quase consigo lembrar por que amei você. Aliás, você está linda".

"Um pouco descuidada", ela diz. "Mas obrigada." Ela baixa a voz teatralmente, como se desejasse excluir Claude. "Ontem, depois que você saiu, festejamos um bocado. A noite inteira."

"Comemorando seu despejo."

"Quem sabe."

Nos inclinamos para a frente, eu e ela, meus pés primeiro, e minha impressão é de que ela pôs a mão na dele. Agora meu pai está mais próximo da doce desordem das tranças dela, de seu vasto olhar verde, da pele rosada, perfeita e perfumada com a fragrância que ele lhe comprou há muito tempo no duty free de Dubrovnik. Como ela pensa à frente!

"Bebemos uns dois copos e conversamos. E chegamos à conclusão de que você tem razão. Hora de cada um seguir seu caminho. A casa do Claude é bonita e St. John's Wood é um lixo comparado com Primrose Hill. E estou muito feliz por sua nova amiga. Trenodia."

"Elodia. Ela é adorável. Tivemos uma briga homérica quando voltamos para casa ontem à noite."

"Mas vocês pareciam tão felizes juntos!" Noto que o tom de voz de minha mãe se eleva.

"Ela pôs na cabeça que ainda estou apaixonado por você."

Isso também exerce um efeito sobre Trudy. "Mas você mesmo disse. Nos detestamos."

"Verdade. Ela acha que eu reclamo demais."

"John! Quer que eu telefone para ela? Que diga quanto odeio você?"

O riso dele soa duvidoso. "Seria o caminho da perdição!"

Sou lembrado de minha missão: o sagrado e imaginado dever da criança de pais separados consiste em uni-los. Perdição. Palavra de poeta. Condenado e desgraçado. Sou um idiota em deixar que minhas esperanças subam um ou dois pontos, como na bolsa de valores depois de uma derrocada e antes da próxima. Meus pais estão apenas brincando, excitando as partes íntimas um do outro. Elodia se enganou. O que existe entre o casal é apenas uma camada protetora de ironia.

Claude chega com uma bandeja, um toque pesado e irritadiço em seu oferecimento.

"Mais café?"

"Meu Deus, não", diz meu pai no tom simples e desdenhoso que reserva para o irmão.

"Também temos um delicioso…"

"Querido, quero outra caneca. Das grandes. Seu maninho", minha mãe diz para meu tio, "está brigado com a Trenodia."

"Trenodia", meu pai define para ela com um cuidado exagerado, "é uma canção em memória de alguém morto."

"Como 'Candle in the Wind', do Elton John", diz Claude, voltando à vida.

"Faça o favor!"

"De qualquer modo", diz Trudy, dando alguns passos atrás na conversa. "Esta é a casa do casal. Vou me mudar quando estiver pronta, e não será nesta semana."

"Olha aqui. Você sabe que a história do fumigador era só brincadeira. Mas não pode negar. A casa está uma pocilga."

"Se você me pressionar demais, John, posso decidir ficar. E nos vemos no tribunal."

"Entendido. Mas você não vai se importar se limparmos a sujeira do vestíbulo."

"Me importo um pouco." E, depois de alguns segundos de reflexão, ela concorda com um aceno de cabeça.

Ouço Claude pegar o saco plástico. Sua alegria não convenceria nem a criança mais obtusa. "Me desculpem. Alguém tem que fazer o trabalho sujo."

10.

Houve época em que a fala de Claude ao ir embora poderia me fazer sorrir. Ultimamente, porém, não pergunte por quê, não sinto atração pela comédia, nenhum desejo de fazer exercícios (mesmo que tivesse espaço), nenhum encanto pelo fogo ou pela terra, por palavras que antes revelavam um mundo dourado de estrelas majestosas, a beleza da percepção poética, o júbilo infinito da razão. Aquelas admiráveis palestras no rádio e boletins de notícias, os excelentes podcasts que me sensibilizavam, parecem na melhor das hipóteses um bafo quente e, na pior, um vapor fétido. A gloriosa sociedade à qual em breve me reunirei, a nobre congregação de seres humanos, seus costumes, deuses e anjos, suas ideias ardentes e brilhante fermentação intelectual, já não me excitam. Há um peso sobre o dossel que envolve meu pequeno corpo. O que existe de mim mal basta para formar um animalzinho, muito menos para configurar um homem. No meu estado de espírito, me inclino pela esterilidade do natimorto, depois as cinzas.

Esses pensamentos elevados e deprimentes, que eu adoraria declamar a sós em algum lugar, voltam para me oprimir quando Claude desaparece escada acima e meus pais permanecem sentados em silêncio. Ouvimos a porta da frente se abrir e fechar. Esforço-me em vão para escutar Claude abrir a porta do carro do irmão. Trudy se inclina de novo para a frente e John pega a mão dela. A ligeira elevação de nossa pressão sanguínea sugere que os dedos psoríacos dele pressionam a palma dela. Trudy pronuncia o nome dele baixinho, num tom cadente de represensão. Ele não diz nada, mas meu palpite é que está balançando a cabeça, comprimindo os lábios num sorrisinho fraco, como se dissesse: "Muito bem. Olha o que foi feito de nós".

Ela diz calorosamente: "Você tem razão, tudo acabou. Mas podemos fazer isso de um jeito delicado".

"Sim, é melhor", meu pai concorda com sua voz grave e sonora. "Mas, Trudy. Só para lembrar os bons tempos. Posso recitar um poema para você?"

A negativa dela balançando a cabeça, enfática e infantilmente, me sacode de leve entre minhas amarras, mas eu sei, tanto quanto ela, que para John Cairncross, na poesia, o não significa sim.

"Por favor, John, pelo amor de Deus, não."

Mas ele já está respirando fundo. Já ouvi esse poema, mas foi menos relevante na época.

"*Como nada mais há a fazer, nos beijemos antes de partir…*"

Desnecessário, eu acho, que ele declamasse certas frases com tamanha alegria. "*Você não mais me terá…*", "*tão plenamente me libertar…*", "*nem um vestígio do antigo amor reter.*" E, no final, quando a paixão está no leito de morte, havendo uma chance em mil de que ela possa se recuperar caso Trudy quisesse, meu pai nega tudo recitando com uma entonação espirituosa e sarcástica.

Mas ela também não quer, e diz enquanto meu pai ainda declama os últimos versos: "Nunca mais quero ouvir um poema pelo resto da minha vida".

"Não vai ouvir", diz meu pai afavelmente. "Não com Claude."

Nessa sensata troca de palavras entre as partes, nenhuma providência é tomada com relação a mim. Qualquer outro homem suspeitaria caso sua ex-mulher não negociasse os pagamentos mensais devidos à mãe de seu filho. Qualquer outra mulher, se não estivesse planejando alguma coisa, certamente exigiria tais pagamentos. Mas tenho idade suficiente para ser responsável por mim mesmo e tentar ser o senhor de meu destino. Como o gato de um avarento, guardo em segredo alguma comida, meu pedacinho de poder. Já o usei de madrugada para causar insônia e obter uma palestra no rádio. Dois golpes secos e bem espaçados contra a parede, usando meu calcanhar em vez dos dedos dos pés quase sem ossos. Sinto isso como uma solitária manifestação de carência, só para ouvir alguma menção a mim.

"Ah", minha mãe suspira. "Ele está chutando."

"Então está na hora de eu ir", murmura meu pai. "Digamos duas semanas para você sair da casa?"

Faço um aceno para ele, por assim dizer, e o que recebo em troca? Então, portanto, nesse caso, e assim... ele *está indo embora*.

"Dois meses. Mas espere um pouquinho até Claude voltar."

"Só se ele andar rápido."

Um avião, alguns milhares de metros acima de nossas cabeças, desce num glissando etéreo rumo a Heathrow, um som para mim sempre ameaçador. John Cairncross pode estar pensando em um último poema. Como costumava fazer antes de viajar, ele poderia declamar "Uma despedida: proibido chorar por mim". Aqueles tetrâmetros tranquilizadores, aquele tom maduro e confortador me deixariam nostálgico pelos velhos e tristes dias de suas visitas. Em vez disso, ele tamborila no tampo da mesa, limpa a garganta e simplesmente espera.

Trudy diz: "Tomamos uma vitamina de frutas hoje de manhã, comprada lá na Judd Street. Mas acho que não sobrou nada".

Com essas palavras, por fim a coisa começa para valer.

Uma voz inexpressiva, vinda como se dos bastidores da produção condenada ao fracasso de uma peça horrorosa, diz do alto da escada: "Eu guardei um copo para ele. John é que nos falou dessa loja. Lembra?".

Ele desce enquanto fala. Difícil acreditar que essa entrada perfeitamente coordenada, essa fala canhestra e improvável tenham sido ensaiadas de madrugada por dois bêbados.

O copo de isopor com tampa de plástico e canudinho estão na geladeira, que agora é aberta e fechada. Claude o põe diante de meu pai com um caloroso e maternal: "Pra você".

"Obrigado. Mas agora não estou com vontade."

Primeiro erro. Por que deixar o irmão desprezado trazer a bebida, em vez da esposa sensual? Agora vão precisar mantê-lo falando, na esperança de que mude de ideia. *Esperança*? Isso mesmo, é assim que as histórias funcionam quando desde o início sabemos quem são os assassinos. Impossível não ficar do lado dos perpetradores e de seus estratagemas, acenamos do cais quando o bote deles parte cheio de más intenções. *Bon voyage*! Não é fácil, trata-se de um feito matar alguém e escapar. O êxito está no "crime perfeito". E a perfeição está longe de ser uma característica humana. A bordo, as coisas vão dar errado, alguém vai tropeçar num cabo desenrolado, a embarcação vai se deslocar demais no sentido sudoeste. Trabalho duro, e tudo isso no mar.

Claude senta-se à mesa, respira fundo e ruidosamente, e joga sua melhor cartada. Conversa fiada. Ou o que ele considera ser conversa fiada.

"E esses imigrantes, hein? Que coisa! E como invejam a gente lá de Calais! Chamam o lugar de 'selva'! Graças a Deus existe o Canal da Mancha."

Meu pai não resiste: *"Ah, Inglaterra, casada com o mar triunfante, suas costas rochosas derrotam os invasores invejosos"*.

Essas palavras melhoram seu estado de espírito. Acho que o ouço puxar o copo para perto de si. Então ele diz: "Na minha opinião todos deveriam ser convidados a vir. Venham logo! Um restaurante afegão em St. John's Wood".

"E uma mesquita", diz Claude. "Ou três. E homens que batem em suas mulheres ou que abusam das meninas aos milhares."

"Já lhe contei sobre a mesquita Goharshad no Irã? Fiquei lá perplexo. Chorando. Você não imagina as cores, Claude. Cobalto, turquesa, cor de berinjela, açafrão, verde-claríssimo, branco como cristal, e todos os tons intermediários."

Eu nunca o tinha ouvido chamar o irmão pelo nome. Meu pai foi invadido por um estranho entusiasmo. Exibindo-se para minha mãe, deixando ela ver, por comparação, o que vai perder.

Ou se libertando das pegajosas reflexões do irmão, que agora diz num tom cauteloso de conciliação: "Nunca pensei no Irã. Mas no Sharm el Sheikh, o hotel Plaza. Beleza. Tudo nos trinques. Quase quente demais para ir à praia".

"Concordo com John", diz minha mãe. "Sírios, eritreus, iraquianos. Até macedônios. Precisamos da juventude deles. E, querido, você pode me trazer um copo de água?"

Claude vai imediatamente para a pia. De lá diz: "Precisamos? Eu não *preciso* ser esfaqueado na rua. Como aconteceu em Woolwich". Ele volta à mesa com dois copos. Um é para ele. Acho que estou vendo aonde isso vai levar.

Ele continua: "Não ando de metrô desde aqueles ataques de julho de 2005".

Na voz que usa para ignorar Claude, meu pai diz: "Vi este cálculo em algum lugar. Se o sexo entre as raças continuar como hoje, daqui a cinco mil anos todos na Terra vão ter a mesma cor de café ralo".

"Um brinde a isso", diz minha mãe.

"Na verdade, também não sou contra", diz Claude. "Saúde!"

"Ao fim das raças", meu pai propõe em tom amistoso. Mas não creio que tenha levantado seu copo. Em vez disso, volta aos assuntos práticos. "Se você não se importar, dou um pulo aqui com Elodia na sexta-feira. Ela quer pegar a medida para as cortinas."

Visualizo um celeiro de dois andares do alto do qual é atirado ao chão um saco de cem quilos de cereais. Depois outro, e um terceiro. Foram assim os baques no coração de minha mãe.

"Tudo bem, claro", ela diz num tom de voz racional. "Vocês poderiam almoçar conosco."

"Obrigado, mas vamos ter um dia cheio. Agora preciso ir. O trânsito está pesado."

Som de cadeira arrastada — e como soa alto apesar dos ladrilhos engordurados, como o latido de um cachorro. John Cairncross se põe de pé. Volta a assumir um tom cordial. "Trudy, foi..."

Mas ela também está se levantando e pensando rápido. Sinto em seus tendões, nas dobras de seu peritônio. Tem uma derradeira cartada, e tudo depende do jeito suave de realizá-la. Ela o interrompe num acesso de sinceridade: "John, antes de você ir quero dizer o seguinte. Sei que sou difícil, às vezes até insuportável. Mais da metade da culpa disto tudo é minha. Eu sei disso. E me desculpe a casa estar um lixo. Mas o que você disse ontem à noite. Sobre Dubrovnik".

"Ah", meu pai repete. "Dubrovnik." Mas já se afastou alguns passos.

"O que você disse estava certo. Você me fez reviver tudo, abalou meu coração. Foi uma obra-prima, John, o que nós criamos. O que aconteceu depois não diminuiu em nada tudo aquilo. Você foi muito sábio no que disse ontem. Foi bonito. Nada que venha a acontecer no futuro poderá apagar isso. E, embora eu só tenha água no meu copo, quero brindar a você, a nós, e lhe agradecer por ter me relembrado. Não interessa se o amor continua. O que interessa é que ele existe. Por isso. Ao amor. Ao nosso amor. Como ele foi. E à Elodia."

Trudy traz o copo aos lábios. O subir e descer de sua epiglote, seu peristaltismo meândrico me ensurdecem por instantes. Desde que a conheço, nunca vi minha mãe discursar. Não é o estilo dela. Mas foi curiosamente evocatório. Do quê? Uma jovem nervosa, trêmula por dentro, impressionando, como nova líder das alunas, a diretora, as professoras, toda a escola com clichês enfáticos.

Um brinde ao amor e, portanto, à morte, a Eros e Tânatos. Parece ser comum que na vida intelectual duas noções suficientemente díspares ou opostas estejam intimamente ligadas. Como a morte se opõe a tudo na vida, várias combinações são propostas. Arte e morte. Natureza e morte. E o mais preocupante, nascimento e morte. E o alegremente reiterado amor e morte. Sobre este último par, e daqui onde estou, essas duas noções não poderiam ser mais mutuamente irrelevantes. Os mortos não amam ninguém, nada. Assim que eu sair daqui e estiver em condições, vou tentar escrever um ensaio. O mundo clama por novos empiristas.

Quando meu pai fala, dá a impressão de estar mais perto. Ele está voltando à mesa.

"Bem", ele diz de modo bastante gentil. "Essa é a ideia."

Aposto que a taça do amor e da morte está em suas mãos.

Mais uma vez, com os dois calcanhares, chuto uma, duas vezes, lutando contra o destino dele.

"Ai, ai, toupeirinha", diz minha mãe com voz doce e maternal. "Ele está acordando."

"Você se esqueceu de mencionar meu irmão", diz John Cairncross. Faz parte de sua natureza como poeta másculo estender o brinde do outro. "Aos nossos futuros amores, Claude e Elodia."

"A todos nós então", diz Claude.

Silêncio. O copo de minha mãe já está vazio.

Em seguida vem o longo suspiro de satisfação de meu

pai. Um tanto exagerado, apenas por delicadeza. "Mais açucarado que de costume. Mas nada mal."

O copo de isopor que ele pousa na mesa faz um som oco.

Vem à minha mente, tão claro quanto uma lâmpada de desenho animado. Um programa sobre cuidados com animais de estimação explicou os perigos enquanto Trudy escovava os dentes numa manhã chuvosa depois do café: pobre do cão que lamber o líquido verde e doce no chão da garagem. Morto em poucas horas. Exatamente como disse Claude. A química sem piedade, propósito ou remorso. A escova elétrica de minha mãe me impediu de ouvir o resto. Estamos sujeitos às mesmas regras que infernizam nossos animais queridos. A grande coleira do não ser também está no nosso pescoço.

"Bem", diz meu pai, indicando mais do que ele podia saber, "lá vou eu."

Claude e Trudy se levantam. Essa é a excitação imprudente da arte do envenenador. A substância ingerida, o ato ainda incompleto. Num raio de três quilômetros há vários hospitais, muitas bombas para lavagem estomacal. Mas a linha da criminalidade foi ultrapassada. Não há como desfazer o ato. Eles só podem dar um passo atrás e aguardar pela antítese, que o anticongelante o deixe frio.

"Esse chapéu é seu?", pergunta Claude.

"Ah, sim! Vou levar."

Será esta a última vez que ouço a voz de meu pai?

Caminhamos em direção à escada, depois a subimos, o poeta à frente. Tenho pulmões, porém não ar para emitir um alerta ou chorar de vergonha pela minha impotência. Ainda sou uma criatura marítima, não um ser humano como os outros. Agora estamos passando pelo desastre que é o vestíbulo.

A porta da frente está sendo aberta. Meu pai se volta para dar um beijinho no rosto de minha mãe e um tapa carinhoso no ombro de seu irmão. Talvez pela primeira vez na vida.

Ao se afastar, ele diz por cima do ombro: "Tomara que a porra desse carro pegue".

11.

Uma planta débil e pálida semeada por bêbados na madrugada luta para alcançar a remota luz solar do sucesso. Eis o plano. Um homem é encontrado morto ao volante. No chão do carro, quase invisível no banco de trás, há um copo de isopor com o logotipo de uma loja da Judd Street, perto de Camden Town Hall. No copo, restos de uma vitamina grossa de frutas misturada com glicol. Próximo ao copo, uma garrafa vazia da substância letal. Ao lado da garrafa, o recibo abandonado da bebida, com a data daquele dia. Escondidos sob o banco do motorista, alguns extratos bancários, uns de uma pequena editora, outros de uma conta pessoal. Ambos mostram déficits de algumas dezenas de milhares de libras. Num dos extratos está escrita, com a caligrafia do falecido, a palavra "Chega!". (O "troço" de Trudy.) Junto aos extratos, uma luva que o morto usava de vez em quando para esconder sua psoríase. Quase encoberta pela luva, uma página de jornal com a resenha hostil de um recente volume de poemas. No banco do carona, um chapéu preto.

A polícia metropolitana, com um efetivo inferior às suas necessidades, está sobrecarregada de trabalho. Os detetives mais jovens, como os mais antigos costumam reclamar, investigam na tela dos computadores, relutantes em gastar a sola do sapato. Enquanto há outros casos sanguinolentos a serem investigados, para este existe uma conclusão convenientemente disponível. Um meio incomum mas nada raro, facilmente encontrado, palatável, fatal em altas doses, um bom argumento para escritores de romances policiais. Investigações preliminares sugeriram que, além das dívidas, o casamento ia mal, a mulher vivendo agora com o irmão do falecido, que sofria de depressão havia meses. A psoríase solapava sua confiança. A luva que usava para escondê-la explicava a ausência de impressões digitais no copo e na garrafa de anticongelante. Imagens de câmeras de segurança o mostravam na loja Paraíso das Vitaminas usando seu chapéu. Ele estava a caminho de sua casa em St. John's Wood naquela manhã. Ao que parecia, não conseguia suportar a condição de pai, a ruína de seu negócio, o fracasso como poeta nem a solidão em Shoreditch, onde vivia num apartamento alugado. Depois de uma briga com sua mulher, foi embora muito angustiado. A mulher se considera culpada. O interrogatório dela precisou ser interrompido algumas vezes. O irmão também estava presente e fez o possível para ajudar.

Será que a realidade pode ser organizada antecipadamente de forma assim tão fácil, tão minuciosa? Minha mãe, Claude e eu estamos tensos enquanto esperamos na porta da frente. Entre a execução do ato e seu desenlace, há um emaranhado de possibilidades pavorosas. Na primeira tentativa, o motor rateia e não pega. Nenhuma surpresa, esse veículo pertence a um sonetista nefelibata. Na segunda tentativa, o mesmo fracasso asmático, assim como na terceira. O motor de arranque está soando como um velho fraco demais até para conseguir limpar a garganta. Se John Cairncross morrer em nossas mãos, estamos perdidos. Como também se sobreviver em nossas mãos. Ele faz uma pausa antes de tentar de novo, reunindo toda a sua sorte. A quarta vez é mais fraca que a terceira. Eu o imagino através do para-brisa, nos fazendo a mímica cômica de um dar de ombros interrogativo, sua figura quase obliterada pelos reflexos das nuvens de verão.

"Porra", diz Claude, um cosmopolita. "Assim ele vai afogar o carburador."

As vísceras de minha mãe orquestram sua esperança e seu desespero. Mas, na quinta vez, uma transformação. Com pequenas explosões comicamente ofegantes, o motor inicia a combustão interna. Na frágil planta de Trudy e Claude, brota uma flor encorajadora. Quando o carro volta à rua de marcha a ré, minha mãe tem um ataque de tosse por causa do que suponho ter sido uma nuvem azulada do cano de descarga soprada em nossa direção. Entramos, a porta é fechada com estrondo.

Não estamos voltando para a cozinha, mas subindo a escada. Nada é dito, porém a qualidade do silêncio — denso como um creme — sugere que algo além do cansaço e da bebida está nos atraindo para o quarto. Uma desgraça atrás da outra. Uma injustiça cruel.

Cinco minutos depois. Este é o quarto e já começou. Claude, agachado ao lado de minha mãe, talvez já esteja nu. Ouço sua respiração junto ao pescoço dela. Ele a está despindo, até então um cume de generosidade sensual que ele jamais escalara.

"Cuidado", diz Trudy. "Esses botões são pérolas."

Ele grunhe em resposta. Seus dedos são inábeis, só trabalham em benefício próprio. Algo dele ou dela cai no chão. Um sapato ou uma calça com um cinto pesado. Ela se contorce de modo estranho. Impaciência. Ele ordena alguma coisa sob a forma de um segundo grunhido. Estou me encolhendo. Isso é feio, com certeza vai dar errado, muito tarde na gravidez. Venho dizendo isso há semanas. Vou sofrer.

Obedientemente, Trudy se põe de quatro. É por trás, no estilo cachorrinho, mas não para minha segurança. Como uma rã ao acasalar, ele se agarra às costas dela. Trepa em cima, agora penetra, e bem fundo. Muito pouco de minha mãe traiçoeira me separa do candidato a assassino de meu pai. Nada mais é o mesmo neste meio-dia de sábado em St. John's Wood. Este não é o encontro breve e frenético de sempre capaz de ameaçar a integridade de um crânio novinho em folha. Pelo contrário, é um afogamento viscoso, como alguma coisa perfeccionista rastejando num pântano. Membranas mucosas se tocam, deslizantes, com um tênue estalido ao mudarem de direção. Horas de maquinação lançaram os perpetradores acidentalmente à arte de fazer um amor deliberado. Mas nada é transmitido entre eles. Agitam-se mecanicamente em câmera lenta, um processo industrial anônimo a meio vapor. Tudo que buscam é alívio, um desafogo, libertar-se por alguns segundos de si mesmos. Quando o gozo vem, em rápida sucessão, minha mãe solta um arquejo de horror. Diante daquilo a que deve regressar, e que talvez ainda veja. Seu amante emite o terceiro grunhido da sessão. Separam-se, caindo de costas sobre os lençóis. Depois nós todos dormimos.

Sem parar, a tarde toda — e foi nessa longa planície de

tempo que tive meu primeiro sonho, em cores vivas e com grande profundidade visual. A linha, a fronteira formal entre estar sonhando e estar acordado é indefinida. Não há cercas nem clareiras na floresta para evitar a propagação do fogo. Só algumas guaritas vazias marcam a passagem de um estado para o outro. Como cumpre a um principiante, penetro sem muita precisão nessa terra nova onde encontro uma massa informe e desordenada de objetos, pessoas e lugares ondulantes e mal iluminados que se dissolvem, vozes indistintas em espaços abobadados cantando ou falando. Enquanto caminho, sinto a dor de um remorso indefinível e inalcançável, a sensação de haver deixado alguém ou alguma coisa para trás, de haver traído um dever ou um amor. Então tudo se torna maravilhosamente claro. Um nevoeiro frio no dia de minha deserção, uma viagem a cavalo de três dias, fileiras imensas de ingleses pobres e sorumbáticos às margens de estradinhas esburacadas, elmos gigantescos se erguendo acima de campinas inundadas pelo Tâmisa e, por fim, a excitação e os ruídos familiares da cidade. Nas ruas, o cheiro de dejetos humanos tão sólido quanto as paredes das casas cede lugar, vencida uma esquina estreita, ao aroma de carne assada e alecrim; penetrando por uma entrada escura, vejo um jovem da minha idade, na penumbra de um cômodo com vigas grossas no teto, servindo vinho de uma jarra de barro, assim como um homem bonito que, curvado sobre a mesa de carvalho com o tampo enodoado, me retém com uma história que escreveu ou eu escrevi, e deseja uma opinião ou me dar a sua, uma correção, um comentário factual. Ou quer que eu lhe diga como prosseguir. Esse entrelaçamento de identidades é um aspecto do amor que sinto por ele, o qual quase supera a culpa de que desejo me livrar. Lá fora, na rua, um sino repica. Nos amontoamos do lado de fora para ver a passagem do cortejo fúnebre. Sabemos que se trata de uma morte importante. A procissão não aparece, mas o sino continua a tocar.

É minha mãe quem escuta a campainha. Antes que eu tenha emergido da novidade do sonho e de sua lógica própria, ela já vestiu o penhoar e estamos descendo a escada. Ao chegar ao último degrau, ela solta um grito de surpresa. Meu palpite é que o monte de lixo foi removido enquanto dormíamos. A campainha soa de novo, aguda, dura, irritada. Enquanto abre a porta, Trudy grita: "Pelo amor de Deus! Você está de porre? Desci o mais rápido que…".

Ela hesita. Se tem fé em si mesma, não deveria estar surpresa em ver o que o medo já me fez ver, um policial, não, dois, tirando os quepes.

Uma voz agradável, paternal, diz: "Falo com a sra. Cairncross, esposa de John?".

Ela confirma com um aceno de cabeça.

"Sargento Crowley. Sinto muito, mas trago uma notícia bem ruim. Podemos entrar?"

"Ah, meu Deus", minha mãe se lembra de dizer.

Eles nos seguem até a sala, raramente usada e quase limpa. Se a imundície do vestíbulo não tivesse sido removida, acho que suspeitariam de imediato de minha mãe. O trabalho da polícia é intuitivo. O que resta, possivelmente, é um odor persistente, passível de ser confundido com o de uma culinária exótica.

Uma segunda voz, mais jovem e com uma solicitude fraternal, diz: "Gostaríamos que a senhora se sentasse".

O sargento transmite a notícia. O carro do sr. Cairncross foi encontrado no acostamento da M1 Norte, a cerca de trinta quilômetros de Londres. A porta estava aberta e, não muito longe dali, num dique gramado junto à estrada, ele se achava caído de bruços. Uma ambulância o levou às pressas para o hospital, técnicas de ressuscitamento foram aplicadas, mas ele morreu no caminho.

Um soluço, como uma bolha em águas profundas, sobe através do corpo de minha mãe, passa por mim e vai estourar diante do rosto dos policiais solícitos.

"Ah, meu Deus!", ela grita. "Tivemos uma briga horrível hoje de manhã." Ela se curva para a frente. Sinto que cobre o rosto com as mãos e começa a tremer.

"Preciso lhe dizer", continua o mesmo policial. Ele faz uma pausa gentil, consciente do duplo respeito que merece uma mulher grávida que sofre tamanha perda. "Tentamos contatá-la esta tarde. Uma amiga dele fez a identificação. Sinto dizer que nossa primeira impressão é de suicídio."

Quando minha mãe endireita a coluna e solta um grito, sou tomado de um grande amor por ela, por tudo que se perdeu — Dubrovnik, a poesia, a vida cotidiana. Ela o amou no passado, assim como ele também a amou. Evocando esse fato, apagando outros, seu desempenho ganha em qualidade.

"Eu devia... devia ter falado pra ele ficar aqui. Ah, meu Deus, é tudo culpa minha."

Que esperta, se escondendo à vista de todos por trás da verdade.

O sargento diz: "As pessoas costumam dizer isso. Mas a senhora não deveria, de forma nenhuma. É um erro se culpar".

Uma respiração profunda, um suspiro. Ela dá a impressão de que vai falar, para, suspira de novo, se concentra. "Preciso explicar. As coisas não iam bem entre nós. Ele estava saindo com outra pessoa, se mudou aqui de casa. E eu comecei uma... o irmão dele veio morar comigo. John reagiu mal a isso. É por isso que estou dizendo..."

Ela foi a primeira a mencionar Claude, revelou o que eles estavam fadados a descobrir. Se, num arroubo chocante, ela agora dissesse "Eu o matei", estaria segura.

Ouço um som de velcro, o folhear de um caderno de notas, o riscar de um lápis. Ela relata com voz debilitada tudo que havia ensaiado, voltando no final à sua própria culpabilidade. Ela nunca deveria ter permitido que ele fosse embora naquele estado.

O homem mais novo diz respeitosamente: "Sra. Cairncross, a senhora não tinha como saber".

Então ela muda de direção, soando quase aborrecida. "Não sei se estou entendendo bem isso. Nem sei se acredito em vocês."

"Isso é compreensível." O sargento com ar paternal é quem diz. Em meio a tosses corteses, ele e seu colega se põem de pé, prontos para partir. "Há alguém que a senhora possa chamar? Alguém para lhe fazer companhia?"

Minha mãe reflete sobre a resposta. Está curvada de novo, o rosto encoberto pelas mãos. Fala através dos dedos, num tom sem ênfases. "Meu cunhado está aqui. Dormindo no andar de cima."

Os guardiões da lei talvez estejam trocando um olhar libidinoso. Qualquer sinal de ceticismo deles me ajudaria.

"No momento oportuno também gostaríamos de conversar com ele", diz o mais novo.

"Essa notícia vai acabar com ele."

"Imagino que vocês queiram ficar a sós agora."

Lá está de novo a frágil corda salva-vidas, a sugestão que sustenta minha esperança covarde de que a Força — Leviatã, não eu — se vingará.

Preciso de um momento sozinho, fora do alcance das vozes. Fiquei muito absorto, muito impressionado com a arte de Trudy de olhar para dentro do poço de minha própria dor. Mais além, o mistério de como o amor por minha mãe cresce proporcionalmente ao meu ódio por ela. Ela conseguiu se transformar em minha única progenitora. Não sobreviverei sem ela, sem o envolvente olhar verde para receber meu sorriso, sem a voz carinhosa derramando doçuras em meus ouvidos, sem suas mãos frias cuidando de minhas partes íntimas.

Os policiais vão embora. Minha mãe sobe a escada com passos pesados. A mão firme no corrimão. Um-dois, pausa, um-dois, pausa. Ela faz um som repetido numa nota cadente, exala um gemido condoído ou triste pelas narinas. *Zum... zum.* Eu a conheço. Alguma coisa está se formando, o prelúdio de uma avaliação geral. Ela criou uma trama, puro artifício, um conto de fadas maligno. Agora sua história fantástica a está desertando, cruzando a linha como fiz naquela tarde, mas em sentido contrário, passando pelas guaritas vazias, para se levantar contra ela e se aliar com a realidade social, com o cotidiano tedioso do mundo, com os contatos humanos, compromissos, obrigações, câmeras de vídeo, computadores com memórias inumanas. Em suma, consequências. A fantasia acabou.

Massacrada pela bebida e pela falta de sono, carregando-me escada acima, ela segue para o quarto. *Nunca poderia funcionar*, ela vai dizendo a si mesma. *Foi só minha raiva idiota. Só sou culpada de ter cometido um erro.*

O próximo passo está perto, mas ela não o dá ainda.

12.

Estamos nos aproximando de Claude em pleno sono, uma protuberância, uma corcova de sons abafados nos lençóis. Ao exalar, um gemido longo e dificultoso, enfeitado no final com sibilantes elétricas. Depois uma pausa prolongada capaz de alarmar quem o ama. Terá sido o último sopro dele? Para quem não o ama, a esperança é que sim. Finalmente, contudo, uma inalação mais curta e ávida, enfeada pelo estertor de muco ressequido e, no cume ventoso, o rom-rom triunfal do palato. O volume crescente anuncia que estamos muito próximos. Trudy pronuncia o nome dele. Sinto sua mão se estender em direção ao corpo de Claude, enquanto ele mergulha em meio às sibilantes. Ela está impaciente, precisa compartilhar o sucesso dos dois, e o toque em seu ombro nada tem de gentil. Ele meio que desperta, tossindo algumas vezes, como o carro do irmão, e demora alguns segundos para encontrar as palavras para sua pergunta.

"Que merda é essa?"

"Ele está morto."

"Quem?"

"Meu Deus! Acorde!"

Arrancado de um sono profundo, ele precisa se sentar na beira da cama, tal como indicam os queixumes do colchão, e aguardar que seus circuitos neurais restaurem sua história de vida. Sou jovem o suficiente para não desprezar essas fiações. Pois bem, onde ele estava mesmo? Ah, certo, tentando matar o irmão. Morto de verdade? Por fim, ele volta a ser Claude.

"Porra, não brinca!"

Agora está pronto para se levantar. São seis da tarde, ele observa. Energizado, estende os braços atleticamente com estalidos de ossos e cartilagens, depois se move entre o quarto e o banheiro assobiando com alegria, num vigoroso vibrato. Com base nas músicas populares que ouvi, sei que é o tema de *Êxodo*. Grandioso, de um estilo romântico corrompido, de acordo com meu recém-formado aparelho auditivo; para Claude, uma poesia orquestral redentora. Ele está feliz. Enquanto isso, Trudy permanece sentada em silêncio na cama. Fermentando. Por fim, em tom monocórdio ela fala da visita, da delicadeza da polícia, da descoberta do corpo, das primeiras hipóteses sobre a causa da morte. A cada item, apresentado como uma notícia ruim, Claude exclama: "Maravilha!". Curva-se com um gemido para dar um laço nos cadarços.

Ela diz: "O que você fez com o chapéu?".

Refere-se ao chapéu de feltro com abas largas de meu pai.

"Você não viu? Eu dei para ele."

"E o que ele fez com o chapéu?"

"Estava com ele na mão quando saiu. Não se preocupe. Você está *preocupada*."

Ela suspira, reflete por alguns segundos. "Os policiais foram tão simpáticos."

"Viúva, essa coisa toda."

"Não confio neles."

"Só fica na moita."

"Eles vão voltar."

"Fica… tranquila."

Ele pronuncia essas duas palavras com ênfase e com um intervalo sinistro entre elas. Sinistro ou irritado.

Agora está de volta ao banheiro, escovando o cabelo, sem assobiar. A atmosfera está mudando.

Trudy diz: "Querem falar com você".

"Óbvio. Irmão dele."

"Falei sobre nós."

Alguns momentos de silêncio, depois ele diz: "Meio besta isso".

Trudy limpa a garganta. A língua está seca. "Não, não foi mesmo."

"Deixe eles descobrirem. Senão vão pensar que você está escondendo alguma coisa tentando se manter um passo à frente."

"Eu disse que John estava deprimido por nossa causa. Mais uma razão para ele…"

"Tudo bem, o.k. Nada mal. Pode até ser verdade. Mas." Ele deixa o assunto morrer, inseguro sobre o que ele acha que ela deveria saber.

Que John Cairncross poderia se matar pelo amor que sentia por ela se Trudy não o tivesse matado antes — há um quê de sentimentalismo e de culpa nessa noção em que cada elemento sugere o outro. Acho que ela não gosta do tom casual, quase indiferente, de Claude. Só um palpite meu. Por mais perto que estejamos das pessoas, nunca se pode penetrar nelas, mesmo quando se está dentro de uma. Acho que ela está magoada. Mas ainda não diz nada. Nós dois sabemos que virá em breve.

A velha questão ressurge. Quão idiota é Claude realmente? Do espelho do banheiro ele acompanha o pensamento dela. Sabe como combater a sentimentalidade em matéria de John Cairncross. Fala de lá: "Vão querer conversar com aquela poeta".

Evocá-la é um bálsamo. Todas as células do corpo de Trudy concedem que a morte do marido era justa. Ela odeia Elodia mais do que ama John. Elodia vai sofrer. Um bem-estar trazido pelo sangue me invade e de imediato me sinto em êxtase, surfando numa onda perfeita de perdão e amor. Um tubo enorme e inclinado, capaz de me levar a um ponto em que posso começar a pensar em Claude com simpatia. Mas resisto. Muito deprimente aceitar de segunda mão qualquer sentimento de minha mãe e me envolver ainda mais com seu crime. No entanto, é duro me separar quando preciso dela. E, naquela forte agitação emocional, a necessidade se traduz em amor, tal como o leite em manteiga.

Ela diz com voz doce e contemplativa: "Ah, sim, vão ter que falar com a Elodia". Depois acrescenta: "Claude, você sabe que eu te amo".

Mas ele não se sensibiliza. Já ouviu isso muitas vezes. Em vez de responder, diz: "Daria tudo para estar lá, como a proverbial mosca da parede".

Ah, a proverbial mosca, ah, parede. Quando é que ele vai aprender a falar sem me torturar? Falar não passa de uma forma de pensar, por isso ele deve ser mesmo tão idiota quanto parece.

Emergindo dos ecos do banheiro e mudando de assunto, ele diz, alegre: "Talvez eu tenha encontrado um comprador para nós. Uma bela chance. Mas conto para você depois. Os policiais deixaram cartões? Gostaria de ver o nome deles".

Ela não se lembra nem eu. Seu estado de espírito se modifica de novo. Acho que ela está olhando fixo para ele quando diz: "Ele está *morto*".

É realmente um fato surpreendente, quase incrível, crucial, como a declaração de um início de guerra mundial, o primeiro-ministro falando à nação, famílias se abraçando e as luzes muito fracas por razões que as autoridades se recusam a revelar.

Claude está ao lado dela, com a mão em sua coxa e a puxando para mais perto de si. Beijam-se longamente, as línguas entrando bem fundo, as respirações entrelaçadas.

"Mortinho da silva", ele murmura na boca de Trudy. Sua ereção pressiona fortemente minhas costas. Depois, sussurrando: "Fizemos. Juntos. Nós dois somos brilhantes juntos".

"É", ela diz entre um beijo e outro. Difícil ouvir por causa do farfalhar das roupas. O entusiasmo dela não parece igual ao de Claude.

"Eu amo você, Trudy."

"E eu amo você."

Há algo descompromissado nesse "e". Quando ela avançou, ele recuou, agora o oposto. É a dança dos dois.

"Pega nele." Não chegou a ser uma ordem, pois o tom era suplicante. Ela abre o zíper. Crime e sexo, sexo e culpa. Meras dualidades. O movimento sinuoso dos dedos dela transmite prazer. Mas não o suficiente. Ele está empurrando os ombros de Trudy, ela se ajoelha, "enfiando na boca", como os ouvi dizer. Não consigo me imaginar querendo uma coisa igual a essa. Mas é um ônus a menos ter Claude satisfeito a uma generosa distância de mim. Preocupa-me que aquilo que ela vai engolir chegue até mim como nutriente, me fazendo um pouquinho parecido com ele. Por que outro motivo os canibais evitam comer débeis mentais?

A coisa termina depressa, quase sem nenhuma manifestação sonora. Ele recua e fecha o zíper. Minha mãe engole duas vezes. Ele não oferece nada em troca, e acho que ela nem quer. Passa por ele, atravessa o quarto, vai até a janela e se detém ali, de costas para a cama. Penso nela contemplando os blocos de apartamentos. Meu pesadelo de um futuro lá está mais próximo agora. Ela repete baixinho, mais consigo mesma, porque Claude está se lavando de novo no banheiro. "Ele está morto... morto." Não parece convencida. Depois de alguns segundos, num murmúrio: "Ah, meu Deus". Suas pernas tremem. Está prestes a chorar, mas não, isso é sério demais para lágrimas. Ainda precisa entender suas próprias notícias. Os fatos são imensos e ela se encontra perto demais para conseguir ver inteiramente o duplo horror: a morte dele e a parte dela nisso.

Eu a odeio, e odeio seu remorso. Como passou de John a Claude, da poesia ao lugar-comum mais boçal? Descer para o chiqueiro asqueroso a fim de rolar na imundície com seu amante debiloide, espojar-se na merda e no gozo, planejar o roubo de uma casa, infligir uma dor monstruosa e uma morte humilhante a um homem bondoso. E agora arquejar e tremer diante do que fez, como se a assassina fosse outra pessoa —

alguma irmã triste fugida do sanatório com o cérebro envenenado e sem autocontrole, alguma irmã feia que fumava sem parar e tinha compulsões sinistras, desde sempre a vergonha da família, merecedora de suspiros de "Ah, meu Deus" e o sussurrar reverencial do nome de meu pai. E lá vai ela, numa passagem sem interrupção, no mesmo dia e sem corar de vergonha, da carnificina à autopiedade.

Claude aparece detrás dela. As mãos de novo sobre seu ombro são as de um homem recentemente libertado pelo orgasmo, um homem ansioso para encarar questões práticas e empreendimentos do dia a dia incompatíveis com uma ereção que anuvia o cérebro.

"Sabe de uma coisa? Eu estava lendo outro dia. Só agora me dei conta. É o que devíamos ter usado. Difenidramina. Um tipo de anti-histamínico. O pessoal está dizendo que os russos usaram isso naquele espião que foi encontrado dentro de uma sacola de equipamentos esportivos. Derramado no ouvido. Ligaram os aquecedores de ambiente antes de irem embora, para que o produto químico se dissolvesse nos tecidos dele sem deixar vestígio. Jogaram tudo dentro de uma banheira, não queriam que os fluidos vazassem para o apartamento de baixo…"

"Chega." Ela não diz isso de forma ríspida. Mais com resignação.

"Certo. Já chega. De qualquer modo, conseguimos." Ele inventa uma nova letra para "My Way": "Disseram que estávamos fodidos, que trabalhamos mal, mas nos demos muito beeeeeem". O assoalho do quarto cede sob os pés de minha mãe. Ele está dando uns passinhos de dança.

Ela não se volta para trás, mantém-se totalmente imóvel.

Está odiando-o tanto quanto a odiei há pouco. Agora ele se põe ao lado dela, compartilhando a vista, tentando pegar sua mão.

"O negócio é o seguinte", diz com ar importante. "Eles vão nos interrogar separadamente. Precisamos alinhar nossas histórias. Assim. Ele apareceu hoje de manhã. Para tomar café. Muito deprimido."

"Eu disse que tivemos uma briga."

"Está bem. Quando?"

"Bem na hora que ele estava saindo."

"Sobre o quê?"

"Ele queria que eu me mudasse."

"Bom. É isso. Ele apareceu hoje de manhã. Para tomar café. Muito deprimido e..."

Ela suspira, como eu faria. "Olhe. Diga como tudo foi, menos sobre a vitamina, mais a briga. Não precisa de ensaio."

"Legal. Hoje à noite. Hoje à noite vou cuidar dos copos, todos. Em três lugares. Outra coisa. Ele estava usando luva o tempo todo."

"Eu sei."

"E, quando limpar a cozinha, nem um átomo de vitamina para..."

"Eu *sei*."

Ele se afasta dela e dá meia-volta, circulando pelo quarto. Sente o sucesso. Está impaciente, inquieto, excitado. O fato de ela não estar aumenta sua impaciência. Há coisas a fazer e, se não houvesse, coisas a planejar. Ele quer sair dali. Mas para onde? Está meio que cantarolando outra música. A velha canção "My Blue Heaven". "... e com o bebê são três..." Não me sinto reconfortado. Ele volta para perto de nós, Trudy está rígida junto à janela, mas ele não pressente o perigo.

"Sobre a venda", ele diz, interrompendo a canção. "Cá entre nós, sempre achei que fôssemos ter que aceitar um preço menor que o do mercado se fosse necessário fazer negócio logo…"

"Claude."

Ela resmunga o nome dele em duas notas, a segunda mais baixa que a primeira. Um alerta.

Mas ele segue em frente. Nunca o vi tão feliz nem tão simpático. "Esse cara é um construtor, um empresário. Nem precisa fazer uma avaliação. Basta dizer a metragem. Apartamentos, sabe. E *dinheiro vivo…*"

"Você nem desconfia?"

"Do quê?"

"Será que você é mesmo tão incrivelmente burro?"

A famosa questão. Mas Claude também mudou de atitude. Soa perigoso.

"Que é que há?"

"Escapou à sua atenção."

"Sem dúvida."

"Hoje, algumas horas atrás."

"O que foi?"

"Perdi meu marido…"

"Não!"

"O homem que um dia eu amei e que me amou, que moldou minha vida, que deu sentido a ela…" Um aperto nos tendões de sua garganta impede que fale mais.

Mas Claude está a toda. "Minha querida ratinha, isso é terrível. Perdeu, não foi? Onde será que você o deixou? Onde o viu pela última vez? Deve ter posto em algum lugar…"

"Pare!"

"Perdido! Deixe eu pensar. Já sei! Acabei de lembrar. Você esqueceu ele lá na M1, na beira da estrada, caído na grama com o bucho cheio de veneno. Como é que a gente foi esquecer uma coisa dessas!"

Ele poderia ter continuado, porém Trudy gira o braço e o golpeia no rosto. Não um tapinha feminino. Mas um soco de punho fechado que abala os suportes da minha cabeça.

"Você está cheio de ódio", ela diz com uma calma surpreendente. "Porque sempre teve ciúme."

"Bem, bem", diz Claude, a voz só ligeiramente mais pesada. "A verdade nua e crua."

"Você odiava seu irmão porque nunca poderia ser o homem que ele era."

"Enquanto você o amou até o final." Claude retomou o tom de assombro fingido. "O que foi mesmo aquela coisa tão inteligente que alguém me disse, foi na noite passada ou na anterior? 'Quero ele morto e tem que ser amanhã.' Nada da mulher carinhosa do meu irmão, que moldou a vida dela."

"Você me embebedou. É o que você mais faz."

"E na manhã seguinte quem foi que, propondo um brinde ao amor, incentivou o homem que tinha moldado a sua vida a erguer a taça de veneno? Com certeza não a amorosa mulher do meu irmão. Ah, não, não a minha querida ratinha."

Entendo minha mãe, conheço seu coração. Ela está lidando com os fatos como os vê. O crime, no passado uma sequência de planos e sua execução, visto agora parece um objeto, inamovível, acusador, uma estátua fria de pedra numa clareira da floresta. Uma meia-noite gélida no auge do inverno, a lua no quarto minguante e Trudy fugindo por uma trilha coberta de geada. Volta-se a fim de olhar lá atrás a figura distante, semiobscurecida por galhos nus e fiapos de nevoeiro, e vê que o crime, o objeto de seus pensamentos, não é de modo algum um crime. É um erro. Sempre foi. Ela suspeitou disso o tempo todo. Quanto mais se afasta, mais claro se torna. Ela simplesmente estava errada, não é má, não é uma criminosa. O crime deve estar em outro ponto da floresta, pertencer a outra pessoa. Não há dúvida sobre os fatos que conduzem à culpa essencial de Claude. Seu tom sarcástico não é capaz de protegê-lo. Na verdade, o condena.

No entanto. No entanto. No entanto ela o quer loucamente. Quando ele a chama de ratinha, um fiapo de excitação, uma contração fria se instala em seu períneo, um anzol gelado que a puxa para baixo até um estreito ressalto e a faz lembrar dos abismos em que antes se extasiou, as paredes da morte a que já sobreviveu tantas vezes. Sua ratinha! Que humilhação. Na palma da mão dele. Animal de estimação. Impotente. Amedrontada. Desprezível. Descartável. Ah, ser a ratinha dele! Quando sabe que é uma insensatez. Tão difícil resistir. Ela pode lutar contra isso?

Ela é uma mulher ou uma ratinha?

13.

À zombaria de Claude segue-se um silêncio que não consigo entender. Ele pode estar arrependido de seu sarcasmo ou aborrecido por ter sido arrancado de seu delicioso platô de euforia. Ela também pode estar aborrecida ou desejando ser de novo a ratinha dele. Estou sopesando essas possibilidades enquanto ele se afasta dela. Senta-se na extremidade da cama desarrumada, digitando no celular. Ela permanece junto à janela, de costas para o quarto, diante de sua área de Londres, o trânsito que se reduz à noite, alguns pássaros cantando, losangos de nuvens de verão e o caos dos telhados.

Quando por fim ela fala, é num tom mal-humorado e sem vida. "Não estou vendendo esta casa só para você ficar rico."

A resposta dele é imediata. A mesma voz provocativa, cheia de escárnio. "Não, não. Vamos ficar ricos juntos. Ou, se preferir, pobres em prisões separadas."

Bem posto como ameaça. Será que ela pode acreditar nele, que Claude levaria os dois para o buraco? Altruísmo negativo. Prejudicar-se para prejudicar o outro. Qual deveria ser a resposta dela? Tenho tempo para pensar, porque ela ainda não respondeu. Um pouco chocada com essa sugestão de chantagem, eu diria. Logicamente, ela deveria retrucar de forma idêntica. Em teoria, cada um tem igual poder sobre o outro. Saia desta casa. Não volte nunca mais. *Senão chamo a polícia para prender nós dois.* Mas até eu sei que o amor não se deixa guiar pela lógica nem o poder é distribuído igualmente. Os amantes chegam a seus primeiros beijos tanto com cicatrizes quanto com desejos. Nem sempre buscam alguma vantagem. Alguns precisam de abrigo, outros pressionam apenas pela hiper-realidade do êxtase, pelo qual contarão mentiras pavorosas ou farão sacrifícios irracionais. Mas raramente se perguntam o que necessitam ou querem. Fracassos anteriores não são bem registrados pela memória. As infâncias reluzem através da pele do adulto, de modo favorável ou não. O mesmo se dá com o que se herda das famílias, cujas leis determinam nossa personalidade. Os amantes ignoram o fato de não existir livre-arbítrio. Não ouvi um número suficiente de novelas de rádio para saber mais do que isso, embora a música popular tenha me ensinado que eles não sentem em dezembro o que sentiam em maio e que ter um útero pode ser incompreensível para aqueles que não têm, sendo o oposto também verdadeiro.

Trudy se volta para dentro do quarto. Sua voz débil e distante me deixa congelado. "Estou apavorada."

Ela já vê como os planos deram errado, apesar dos primeiros sinais de êxito. Está tremendo. Afinal, declarar sua inocência não é viável. A perspectiva de uma briga com Claude lhe mostrou como seria solitária sua independência. O gosto dele pelo sarcasmo é novo para ela, a amedronta, a desorienta. E ela o quer, embora a voz dele, seu toque e seus beijos estejam corrompidos pelo que fizeram. A morte de meu pai não ficará confinada, ela se desprendeu da laje mortuária ou da gaveta de aço inoxidável e flutuou pelo ar noturno, cruzando a North Circular e sobrevoando os telhados do norte de Londres. Encontra-se agora no quarto, no cabelo dela, em suas mãos e no rosto de Claude — uma máscara iluminada que olha sem expressão para o celular.

"Ouça só isto", ele diz como se estivessem tomando o café da manhã de domingo. "De um jornal daqui da região. Corpo de um homem encontrado perto do encostamento da M1 entre as saídas tal e tal, mil e duzentos telefonemas para os serviços de emergência feitos por motoristas que passavam pelo local etc. Homem declarado morto ao chegar ao hospital, confirma a porta-voz da polícia etc. Nome ainda desconhecido... E aqui o importante: 'No momento, a polícia não está tratando a morte como crime'."

"No momento", ela murmura. Depois fala mais alto. "Mas você não entende o que estou tentando dizer..."

"Que é...?"

"Ele está morto. *Morto*! É isso... E..." Agora ela começa a chorar. "E isso dói."

Claude está sendo apenas racional. "O que eu entendo é que você o queria morto, e agora..."

"Ah, John!", ela exclama.

"Por isso vamos ter a coragem de enfrentar a porra que vier. E seguir em frente com..."

"Fizemos... uma coisa terrível", ela diz, sem levar em conta que está negando sua inocência.

"Pessoas comuns não teriam o peito de fazer o que fizemos. Por isso, aqui está outro. *Luton Herald e Post*. 'Na manhã de ontem...'"

"Não! Por favor, não."

"Está bem, está bem. De qualquer modo, era a mesma coisa."

Agora ela está indignada. "Eles escrevem 'homem morto', e isso não quer dizer nada para eles. Só palavras. Impressas. Não têm ideia do que significa."

"Mas eles estão certos. Disso eu sei. Em todo o mundo, morrem cento e cinco pessoas por minuto. Quase duas por segundo. Só para você ter uma ideia."

Uma pausa de dois segundos enquanto ela absorve a informação. Em seguida começa a rir, um riso indesejado e sem alegria. Um riso que se transforma em soluços, através dos quais ela consegue por fim dizer: "Eu odeio você".

Ele se aproxima, pousa a mão no braço dela e sussurra: "Odeia? Assim você me excita de novo".

E ela conseguiu. Em meio aos beijos dele e a suas lágrimas, Trudy diz: "Por favor. Não. Claude".

Ela não se afasta nem o empurra. Os dedos dele estão abaixo da minha cabeça, movendo-se lentamente.

"Ah, não", ela murmura, aproximando-se dele. "Ah, não."

Pesar e sexo? Só posso teorizar. Defesas fracas, tecidos moles tornados mais moles, a resistência emocional cedendo lugar à confiança infantil num picante abandono. Espero nunca descobrir.

Ele a puxou para a cama, tirou sua sandália, o vestido leve de algodão, a chamou outra vez de ratinha, embora só uma vez. A empurra para que deite de costas. O consentimento tem seu lado brutal. Será que uma mulher enlutada o concede quando levanta a bunda para que tirem sua calcinha? Eu diria que não. Ela se deixou cair de lado — sua única iniciativa. Enquanto isso, estou trabalhando num plano, num último recurso. Minha derradeira tentativa.

Ele está ajoelhado ao lado dela, provavelmente nu. Nessa hora, o que poderia ser pior? Claude dá a resposta de imediato: o sério risco clínico, neste estágio da gravidez, da posição papai e mamãe. Balbuciando uma ordem — como ele é encantador! —, a faz se deitar de barriga para cima, separa suas pernas com um toque indiferente das costas da mão e se apresta, assim me diz o colchão, para pressionar seu corpo contra o meu.

Meu plano? Claude está cavando um túnel em minha direção e preciso ser rápido. Estamos balançando, estalando, sob grande pressão. Um som eletrônico agudo ataca meus ouvidos, meus olhos se esbugalham e ardem. Preciso usar meus braços, minhas mãos, mas há tão pouco espaço! Vou dizer bem rápido: vou me matar. A morte de um bebê, na verdade um homicídio por causa do ataque irresponsável de meu tio a uma mulher no nono mês de gravidez. Sua prisão, julgamento, sentença, detenção. A morte de meu pai vingada em parte. Em parte porque os homicidas não são enforcados na amável Grã-Bretanha. Darei a Claude uma lição adequada sobre a arte do altruísmo negativo. Para me suicidar, vou necessitar do cordão, três voltas em torno do meu pescoço num laço mortífero. Ouço de longe os suspiros de minha mãe. A ficção do suicídio de meu pai servirá de inspiração para minha própria tentativa. A vida imitando a arte. Ser um natimorto — termo tranquilo, depurado de qualquer elemento trágico

— exerce uma atração simples. Agora vem o martelar contra meu crânio. Claude está acelerando, agora a galope, respirando asperamente. Meu mundo está sendo sacudido, mas o laço se encontra no lugar, minhas mãos agarram o cordão, puxo forte para baixo, as costas encurvadas, com a devoção de um tocador de sinos. Que fácil! Alguma coisa viscosa apertando minha carótida, um canal vital adorado pelos cortadores de gargantas. Posso fazer isso. Mais forte! A sensação de queda vertiginosa, do som se transformando em gosto, o toque se transformando em som. Um negror crescente, mais negro do que jamais vi e minha mãe murmurando suas despedidas.

Mas, óbvio, matar o cérebro é matar a vontade de matar o cérebro. Tão logo começo a perder a consciência, minhas mãos enfraquecem e a vida ressurge. De imediato, ouço sinais de uma vida robusta — sons íntimos, como se atravessassem as paredes de um hotel vagabundo. Depois mais altos, e ainda mais altos. É minha mãe. Lá vai ela, embarcada num de seus perigosos êxtases gozosos.

Mas minha própria parede da morte é alta demais. Caio de volta no chão da existência corriqueira.

Por fim, Claude retira seu peso repugnante — saúdo sua tosca brevidade —, e meu espaço é restaurado, embora as pernas formiguem. Agora estou me recuperando. Enquanto Trudy continua deitada, bamba e exausta, com todo o arrependimento de praxe.

Não são os parques temáticos do Paradiso e do Inferno que eu mais temo — brinquedos celestiais, multidões diabólicas —, e poderia viver com o insulto do esquecimento eterno. Nem me interessa saber se será uma coisa ou outra. O que temo é ficar de fora. Desejo saudável ou mera cobiça, em primeiro lugar quero minha vida, o que me é devido, minha fração infinitesimal de eternidade e uma chance confiável de me tornar consciente. Tenho direito a um punhado de décadas para tentar a sorte num planeta que gira sem o menor controle. Esse é o meu brinquedo — a parede da vida. Quero dar uma *volta*. Quero *vir a ser*. Em outras palavras, há um livro que desejo, ainda inédito, ainda não escrito, embora já tenha um início. Quero ler até o final a *Minha história do século XXI*. Quero estar lá, na última página, com oitenta e poucos anos, debilitado mas cheio de vigor, dançando uma música ligeira na noite de 31 de dezembro de 2099.

Pode ser que tudo acabe antes dessa data, sendo assim uma espécie de história de suspense, violenta, espetacular, altamente comercial. Um compêndio de sonhos, com elementos de horror. Mas está fadada a ser também uma história de amor e uma narrativa heroica de invenções brilhantes. Para sentir o gostinho, veja o volume anterior, de cem anos antes. Uma leitura lúgubre, pelo menos até a metade, mas irresistível. Alguns capítulos que a redimem, digamos, sobre Einstein e Stravinsky. No novo livro, uma das muitas tramas não resolvidas é a seguinte: será que os nove bilhões de personagens vão conseguir escapar de um conflito nuclear? Pense nisso como um esporte de contato físico. Alinhe as equipes. Índia contra Paquistão, Irã contra Arábia Saudita, Israel contra Irã, Estados Unidos contra China, Rússia contra Estados Unidos e Otan, Coreia do Norte contra o resto. A fim de aumentar as chances de gol, acrescente outras equipes: jogadores que não representam nações vão chegar.

O quanto nossos protagonistas estão decididos a superaquecer seus lares? Um ameno 1,6 grau, projeção ou esperança de alguns poucos céticos, criará montanhas de trigo na tundra, tavernas na beira das praias do Báltico, borboletas coloridas em territórios ao norte do Canadá. Na ponta mais sombria e pessimista, um aumento de quatro graus, caracterizado por fortes ventanias, provoca calamidades de inundação e seca, com o consequente agravamento do clima político. Mais tensão narrativa em subtramas de interesse regional: o Oriente Médio permanecerá num estado de violenta agitação, se derramará sobre a Europa e a modificará de forma substancial? Será que o Islã vai mergulhar sua extremidade febril no laguinho refrescante da reforma? Poderá Israel conceder alguns centímetros de deserto àqueles que deslocou? Os sonhos seculares de união da Europa podem se dissolver diante dos velhos ódios, do nacionalismo em pequena escala, do desastre financeiro, da discórdia. Ou pode manter seu curso. Preciso saber. Os Estados Unidos declinarão tranquilamente? Improvável. A China se tornará consciente? A Rússia? Ou as instituições financeiras e corporações de âmbito global? Tratemos depois de introduzir as sedutoras constantes humanas: sexo e arte, vinho e ciência, catedrais, paisagens, a magnífica busca pelo saber. Por fim, o oceano particular de desejos — o meu, de caminhar descalço numa praia em volta de uma fogueira, peixe assado, suco de limão, música, a companhia de amigos, alguém, não Trudy, que me ame. Meus direitos hereditários num livro.

Por isso, me envergonho da minha tentativa, sinto alívio por ter fracassado. Claude (agora cantarolando bem alto no ecoante banheiro) precisa ser atingido por outros meios.

Menos de quinze minutos se passaram desde que ele despiu minha mãe. Sinto que estamos entrando em uma nova fase da noite. Em meio ao som de torneiras abertas, ele diz que está com fome. Vencido o episódio degradante e com a pulsação se estabilizando, creio que minha mãe voltará ao tema da inocência. Para ela, a conversa de Claude sobre o jantar vai parecer imprópria. Até mesmo insensível. Ela senta, põe o vestido, encontra a meia entre os lençóis, calça a sandália e caminha até o espelho da penteadeira. Começa a fazer as tranças no cabelo, que, solto, pende em cachos louros que seu marido um dia celebrou num poema. Isso lhe dá tempo para se recuperar e pensar. Vai usar o banheiro depois que Claude sair. A ideia de estar perto dele agora a repugna.

A repulsa restaura seu senso de pureza e propósito. Horas antes ela estava no comando. Poderá estar de novo se resistir a outra entrega doentia e submissa. No momento está bem, renovada, saciada, imune, mas a coisa espera por ela, o animalzinho pode se transformar outra vez num monstro, distorcer seus pensamentos, puxá-la para baixo — e ela pertencerá a Claude. Entretanto, para assumir o controle... Penso em suas reflexões enquanto ela inclina o lindo rosto diante do espelho para torcer e trançar outra mecha. Dar ordens como fez de manhã na cozinha, arquitetar o novo passo significará admitir o crime. Se ela pudesse apenas se limitar à dor inocente de uma pobre viúva!

Agora há tarefas práticas a enfrentar. Tudo que foi tocado — utensílios, copos plásticos e até o liquidificador — precisa ser jogado fora bem longe de casa. Todos os vestígios da cozinha também terão de ser removidos. Só as canecas de café devem permanecer na mesa sem ser lavadas. Essas tarefas tediosas deverão manter o horror à distância por uma hora. Talvez por isso ela pousa uma mão tranquilizadora na protuberância que me contém, perto da parte de baixo das minhas costas. Um gesto de esperança amorosa para o nosso futuro. Como ela poderia pensar em me dar para alguém? Vai precisar de mim. Vou iluminar a penumbra de inocência e compaixão que ela vai desejar manter a seu redor. Mãe e filho — uma grande religião teceu suas melhores histórias em torno desse símbolo potente. Sentado em seu colo, apontando para o céu, vou torná-la imune a acusações. Por outro lado — como odeio esta frase —, nenhuma preparação foi feita para minha chegada, nenhuma roupa, mobília, nada de arrumar compulsivamente o ninho. Não me recordo de haver entrado numa loja com minha mãe. Um futuro amoroso é fantasia.

Claude sai do banheiro e vai até o telefone. Está pensando em comida, em algum prato indiano entregue em casa, é o que ele murmura. Ela contorna Claude e vai fazer suas próprias abluções. Quando voltamos, ele ainda está ao telefone. Trocou a comida indiana por dinamarquesa — sanduíches abertos, arenque em conserva, carnes cozidas. Está encomendando coisas demais, um impulso natural depois de um assassinato. Quando termina, Trudy está pronta, cabelo trançado, lavada, roupa de baixo limpa, outro vestido, sapato em vez de sandália, um toque de perfume. Vai assumir o comando.

"Há uma mala velha de lona no depósito embaixo da escada."

"Vou comer primeiro. Estou faminto."

"Vá agora. Eles podem voltar a qualquer momento."

"Vou fazer do meu jeito."

"Vai fazer do jeito que eu…"

Será que ela ia mesmo dizer "mandar"? Que distância ela viajou, tratando-o como criança, quando agora há pouco era o animal de estimação dele. Claude poderia ter ignorado as palavras dela. Poderia ter havido uma briga. Mas o que ele está fazendo neste instante é atender o telefone. Não é o pessoal da loja de sanduíches dinamarqueses confirmando o pedido nem é o mesmo telefone. Minha mãe se postou atrás dele para ver. Não é a linha fixa, e sim o interfone da porta da frente. Estão olhando fixamente para a telinha, pasmos. A voz chega, distorcida, sem os registros graves, uma súplica débil e penetrante.

"Por favor, preciso ver vocês agora!"

"Ah, meu Deus", minha mãe diz com evidente asco. "Agora não."

Mas Claude, ainda irritado por estar recebendo ordens, tem boas razões para afirmar sua autonomia. Aperta o botão, repõe o fone, há um instante de silêncio. Nada têm a se dizer. Ou coisas demais.

Em seguida todos nós descemos para receber a poeta das corujas.

14.

Tenho tempo, enquanto descemos a escada, para refletir mais sobre minha bem-aventurada falta de determinação na tentativa de me autoestrangular. Algumas empreitadas estão fadadas ao insucesso desde o início, não por covardia, mas por sua própria natureza. Franz Reichelt, o Alfaiate Voador, saltou para a morte da torre Eiffel em 1912 usando uma roupa larga que deveria servir como paraquedas, certo de que seu invento salvaria a vida de aviadores. Ficou parado por quarenta segundos antes de saltar. Quando por fim se inclinou para a frente e pisou no vazio, a corrente de ar ascendente enrolou o tecido bem apertado em volta de seu corpo e ele caiu como uma pedra. Os fatos, a matemática, estavam contra ele. Ao pé da torre ele abriu uma cova rasa, de quinze centímetros de profundidade, no chão gelado de Paris.

O que, quando Trudy faz uma lenta meia-volta no primeiro patamar, me leva, através da morte, à questão da vingança. Está se tornando mais claro, e fico aliviado. Vingança:

o impulso é instintivo, poderoso — e desculpável. Insultado, enganado, ferido, ninguém pode resistir à atração de um pensamento vingativo. E aqui, nesta extremidade onde me encontro, um ente querido assassinado, as fantasias são incandescentes. Somos animais sociais, no passado mantínhamos distância entre nós por meio da violência ou de sua ameaça, como cães numa matilha. Nascemos com essa expectativa deliciosa. De que serve a imaginação senão para visualizar, saborear e repetir possibilidades sangrentas? A vingança pode ser executada cem vezes ao longo de uma noite insone. O impulso, a intenção sonhadora são humanos, normais, e devíamos nos perdoar.

Mas a mão erguida, a execução violenta, essa é amaldiçoada. A matemática diz isso. Não há volta ao *status quo ante*, nenhum refrigério, nenhum doce alívio — ou algum que dure. Só um segundo crime. Antes de embarcar numa viagem de vingança, cave duas sepulturas, disse Confúcio. A vingança desfaz as costuras de uma civilização. É um retrocesso rumo ao medo visceral e constante. Veja os pobres albaneses, cronicamente intimidados pelo *kanun*, o culto imbecil das rixas de família.

Por isso, quando chegamos diante da preciosa biblioteca de meu pai, me absolvi, não pelos pensamentos, mas pelas ações de vingar sua morte nesta vida ou na que virá depois do nascimento. E estou me absolvendo da covardia. A eliminação de Claude não vai trazer meu pai de volta. Estou estendendo os quarenta segundos de Reichelt pelo resto da vida. Não às ações impetuosas! Se eu tivesse tido êxito com o cordão, então ele, e não Claude, teria sido a causa observada por qualquer patologista. Um acidente infeliz, ele registraria, nem mesmo incomum. Minha mãe e meu tio sentiriam algum alívio imerecido.

Se a escada permite tantas reflexões, é porque Trudy desce com a velocidade do mais lento primata. Coisa rara, agarra firme o corrimão. Um degrau de cada vez, detém-se em alguns, pondera, suspira. Entendo o que acontece. A visitante vai atrasar as tarefas domésticas essenciais. A polícia pode voltar. O estado de espírito de Trudy não favorece uma batalha ciumenta. Há a questão da precedência. Foi-lhe roubada a identificação do corpo — isso incomoda. Elodia não passa de uma amante recente. Ou não tão recente. Pode haver chegado antes da mudança para Shoreditch. Outra ferida aberta para ser cuidada. Mas por que vir aqui? Não para receber ou prestar consolo. Pode saber ou possuir alguma coisinha ameaçadora. Pode jogar Trudy e Claude aos cães. Ou então é chantagem. Questões relativas ao funeral para serem discutidas. Nada disso. Não, não! Para minha mãe, o esforço de negação é muito grande. Além de tudo (ressaca, assassinato, sexo enervante, gravidez avançada), que cansaço para minha mãe ser obrigada a exercer sua força de vontade e oferecer todo o seu ódio a uma visitante!

Mas ela está decidida. As tranças escondem cuidadosamente seus pensamentos de todos, menos de mim, enquanto as roupas de baixo — algodão e não seda, me parece — e um vestido curto estampado, corretamente largo mas não volumoso, foram trocados há pouco tempo e a fazem se sentir confortável. Braços e pernas nus e rosados, unhas dos pés pintadas de roxo, sua beleza vigorosa e indiscutível — tudo exposto de forma intimidadora. Ela parece um navio de guerra antigo com as velas relutantemente enfunadas, as escotilhas de canhão abertas. Uma belonave, da qual eu sou uma orgulhosa figura de proa. Desce flutuando, embora com movimentos intermitentes. Vai encarar o que quer que venha a seu encontro.

Quando chegamos ao vestíbulo, já começou. E mal. A porta da frente foi aberta e fechada. Elodia entrou e está nos braços de Claude.

"Sim, sim. Calma, calma", ele murmura em meio à sucessão de frases chorosas e entrecortadas que ela pronuncia.

"Eu não devia. Está errado. Mas eu. Ah, desculpe. O que deve estar sendo. Para você. Não posso. Seu irmão. Não consigo evitar."

Minha mãe permanece ao pé da escada, enrijecendo-se com a desconfiança, e não apenas da visitante. Tristeza poética.

Elodia ainda não reparou em nós. Seu rosto deve estar voltado para a porta. A informação que deseja dar vem junto com os soluços, em staccato. "Amanhã à noite. Cinquenta poetas. De toda parte. Ah, como nós o amávamos! Leitura na biblioteca de Bethnal Green. Ou do lado de fora. Velas. Um poema cada um. Queríamos tanto que vocês fossem."

Pausa para assoar o nariz. Com isso, se afasta de Claude e vê Trudy.

"Cinquenta poetas", ele repete sem se conter. Que ideia poderia ser mais repugnante para ele? "É um bocado de gente."

Os soluços estão quase sob controle, mas o impacto emocional das palavras dela os traz de volta. "Ah. Oi, Trudy. Sinto muito. Se você ou. Pudesse dizer algumas. Mas compreendemos. Se você. Se você não puder. Como é difícil."

Nós a perdemos para seu pesar, cujo tom sobe e se transforma quase numa espécie de arrulho. Ela tenta se desculpar, e por fim ouvimos: "Comparado com o que vocês. Sinto muito! Não é o meu lugar".

Ela tem razão, no entender de Trudy. Mais uma vez roubada. Um pesar maior, um choro maior — ela continua impassível junto à escada. Aqui no vestíbulo, onde ainda deve perdurar um resto do mau cheiro, estamos num limbo social. Escutamos Elodia, os segundos escoam. E agora? Claude tem a resposta.

"Vamos descer. Tem um Pouilly-Fumé na geladeira."

"Não quero. Só vim para."

"Por aqui."

Enquanto Claude a conduz ao passar por minha mãe, eles certamente trocaram olhares, isto é, o brilho de repreensão dela deve ter sido recebido com um dar de ombros despreocupado dele. As duas mulheres não se abraçam, não se tocam nem se falam, embora estejam a centímetros uma da outra. Trudy deixa que eles sigam à frente antes de descer para a cozinha, onde os dois acusadores, Glicol e Vitamina da Judd Street, se ocultam em meio ao caos.

"Se quiser", diz minha mãe ao pisar no assoalho pegajoso, "tenho certeza que Claude pode fazer um sanduíche para você."

Esse oferecimento ingênuo esconde muitas farpas: é inadequado para a ocasião; Claude nunca fez um sanduíche em toda a sua vida; não há pão em casa; nada para pôr entre duas fatias a não ser fragmentos de nozes salgadas. E quem comeria em segurança um sanduíche saído daquela cozinha? De propósito, ela não se oferece para fazer o sanduíche; de propósito, ela põe Elodia e Claude juntos, separados dela. É uma acusação, uma rejeição, um frio afastamento envolto num gesto hospitaleiro. Embora eu desaprove, fico impressionado. Não se aprendem tais refinamentos nos podcasts.

A hostilidade de Trudy tem um efeito benéfico na sintaxe de Elodia. "Eu não conseguiria comer nada, muito obrigada."

"Beba alguma coisa então", diz Claude.

"Isso sim."

Ouve-se a sequência conhecida de sons — porta da geladeira, tilintar descuidado do saca-rolhas ao tocar na garrafa, a retirada sonora da rolha, as taças de ontem enxaguadas na pia. Pouilly. Do outro lado do rio, em frente a Sancerre. Por que não? São quase sete e meia. As pequenas uvas, com seu colorido cinza-enevoado, devem cair bem em outra noite quente e abafada de Londres. Mas quero mais. Tenho a impressão de que Trudy e eu não comemos há uma semana. Estimulado pelo pedido telefônico de Claude, desejo como acompanhamento um prato tradicional e pouco conhecido, *harengs pommes à l'huile*. Arenque defumado e escorregadio, batatas macias, azeite obtido na primeira prensagem a frio das melhores azeitonas, cebola, salsa picada — anseio por tal *entrée*. Um Pouilly-Fumé combinaria de forma muito elegante. Mas como persuadir minha mãe? Mais fácil cortar a garganta de meu tio. O país encantador que seria minha terceira opção nunca pareceu tão longínquo.

Todos agora estamos sentados à mesa. Claude serve, as taças são erguidas numa homenagem solene ao morto.

Rompendo o silêncio, Elodia diz num sussurro de surpresa: "Mas suicídio? Parece uma coisa tão... tão diferente dele".

"Ah, bem", diz Trudy, deixando a frase pendurada no ar. Viu ali uma oportunidade: "Há quanto tempo você o conhecia?".

"Dois anos. Quando ele deu aula..."

"Então você não saberia nada sobre as depressões."

A voz tranquila de minha mãe toca meu coração. Que consolo para ela ter fé numa história coerente de doença mental e suicídio.

"A vida do meu irmão não foi o que se pode chamar de um caminho florido."

Claude, eu começo a entender, não é um mentiroso de primeira categoria.

"Eu não sabia", diz Elodia baixinho. "Ele foi sempre tão generoso. Especialmente conosco, a geração mais jovem que..."

"Era um outro lado dele", declara Trudy com firmeza. "Fico feliz que os alunos nunca tenham visto essa parte."

"Mesmo quando criança", diz Claude. "Uma vez ele levou um martelo para a nossa..."

"Não é hora de contar essa história." Trudy a tornou mais interessante com a interrupção.

"Você tem razão", ele diz. "Mesmo assim nós o amávamos."

Sinto que a mão de minha mãe sobe para o rosto a fim de cobri-lo ou afastar uma lágrima. "Mas ele nunca quis se tratar. Não aceitava o fato de estar doente."

Há um protesto ou queixa na voz de Elodia de que minha mãe e meu tio não vão gostar. "Não faz sentido. Ele estava indo para Luton pagar a gráfica. Com dinheiro vivo. Estava muito feliz por quitar uma dívida. E ia fazer uma leitura hoje à noite. Na Sociedade de Poesia do King's College. Três de nós éramos, vocês sabem, como a banda que abre o show."

"Ele amava os poemas que compunha", diz Claude.

O tom de voz de Elodia se eleva junto com sua angústia.

"Por que ele iria parar no acostamento e...? Sem mais nem menos. Quando tinha acabado um livro. E tinha sido selecionado para disputar o prêmio Auden."

"A depressão é um animal feroz." Claude me surpreende com essa percepção. "Todas as coisas boas da vida desaparecem do seu..."

Minha mãe interrompe. Voz dura. Basta para ela. "Sei que você é mais nova do que eu. Mas será que preciso soletrar? Empresa endividada. Dívidas pessoais. Infeliz com sua obra. Filho que não desejava a caminho. Sua mulher fodendo com seu irmão. Problema crônico de pele. E depressão. Chega isso? Não acha que já é bem ruim sem sua dramaticidade, sem suas leituras poéticas e prêmios? E você ainda vem me dizer que não faz sentido? Você deitou na cama dele. Considere-se uma pessoa de sorte."

Trudy é interrompida. Por um grito e o baque de uma cadeira que cai de costas no chão.

Noto, a esta altura, que meu pai recuou. Como uma partícula na física, ele foge a uma definição ao se distanciar de nós; o poeta-professor-editor afirmativo e exitoso, calmamente decidido a retomar sua casa, a casa de seu pai; ou o patético e desprezado corno, o bobalhão mal adaptado ao mundo, pressionado por dívidas, pelo sofrimento físico, pela falta de talento. Quanto mais ouço falar de um deles, menos acredito no outro.

O primeiro som emitido por Elodia é tanto uma palavra quanto um soluço: "Nunca!".

Silêncio, em meio ao qual sinto que Claude e depois minha mãe pegam suas taças.

"Eu não fazia ideia do que ele ia dizer ontem à noite.

Tudo mentira! Ele queria você de volta. Estava tentando fazer você ficar com ciúme. Jamais iria expulsá-la desta casa."

Sua voz fica mais baixa ao se curvar para endireitar a cadeira. "Por isso eu vim aqui. Para lhe dizer, e é melhor que você entenda bem. Nada! Nunca houve nada entre nós. John Cairncross era meu editor, amigo e professor. Me ajudou a ser uma escritora. Entendeu?"

Insensível, mantenho minhas suspeitas, porém eles acreditam nela. O fato de não ter sido amante de meu pai deve ser libertador para eles, mas acho que suscita outras possibilidades. Uma mulher inconveniente que serve como testemunha sobre todas as razões que meu pai tinha para viver. Bem desagradável.

"Sente-se", diz Trudy calmamente. "Acredito em você. Chega de gritos, por favor."

Claude torna a encher as taças. O Pouilly-Fumé me parece pouco encorpado, penetrante demais. Talvez demasiado jovem, impróprio para a ocasião. Sem levar em conta o calor da noite de verão, um robusto Pomerol nos serviria melhor, quando fortes emoções estão em jogo. Se ao menos houvesse uma adega, se eu pudesse descer até lá agora e, na penumbra empoeirada, pegar uma garrafa nas estantes... Tomá-la nas mãos por alguns segundos, examinar o rótulo apertando as pálpebras, cumprimentar a mim mesmo pela boa escolha ao levá-la para cima. Vida de adulto, um oásis distante. Nem mesmo uma miragem.

Imagino os braços nus de minha mãe dobrados sobre a mesa, olhos imperturbáveis e claros. Ninguém adivinharia seu tormento. John amava apenas a ela. A recordação de Dubrovnik tinha sido sincera, sua declaração de ódio, seus sonhos de estrangulá-la, seu amor por Elodia — não passavam de mentiras esperançosas. Mas ela não pode se entregar, precisa se manter firme. Está assumindo um estado de espírito de séria introspecção, aparentemente não inamistoso.

"Você identificou o corpo."

Elodia também está mais calma. "Tentaram entrar em contato com você. Nenhuma resposta. Tinham o telefone dele, viram chamadas para mim. Sobre a leitura desta noite — nada mais. Pedi ao meu noivo que fosse comigo, estava muito assustada."

"Qual era a aparência dele?"

"Ela está perguntando sobre a aparência do John", diz Claude.

"Fiquei surpresa. Parecia em paz. A não ser..." Ela de repente respira fundo. "A não ser pela boca. Estava muito comprida, ia quase de orelha a orelha, como se ele estivesse dando um sorriso enlouquecido. Mas estava fechada. Felizmente."

A meu redor, nas paredes e através das câmaras carmesins que ficam mais além delas, sinto minha mãe tremer. Mais um detalhe físico como este a fará perder o controle.

15.

Bem cedo na minha vida consciente, um dos dedos, que à época eu não controlava, tocou de passagem numa protuberância entre minhas pernas semelhante a um camarão. Embora guardassem distâncias diferentes de meu cérebro, o camarão e a ponta do dedo reagiram simultaneamente, uma curiosa questão que a neurociência chama de problema de ligação. Dias depois aconteceu de novo com outro dedo. Algum tempo se passou, fui me desenvolvendo, e então entendi as implicações. A biologia é o destino, e o destino é digital, nesse caso binário. Era bastante simples. A questão estranhamente fundamental sobre qualquer nascimento estava resolvida. É isto ou aquilo. Nada mais. No momento da deslumbrante chegada ao mundo, ninguém exclama: *É uma pessoa!* Em vez disso: *É uma menina, É um menino.* Rosa ou azul — um avanço mínimo em comparação com a oferta feita por Henry Ford de carros de qualquer cor desde que fossem pretos. Dois sexos apenas. Fiquei desapontado. Se os corpos, as mentes e os destinos humanos são tão complexos, se temos mais liberdade do que qualquer outro mamífero, por que limitar o espectro de possibilidades? Me enfureci, mas depois, como todo mundo, aceitei a realidade e aproveitei ao máximo minha herança. Sem dúvida, a complexidade me alcançaria em algum momento. Até então, contudo, meu plano era chegar como cidadão britânico livre, uma criatura pertencente ao pós-Iluminismo inglês, escocês e francês. Minha personalidade seria esculpida por prazer, conflito, experiência, ideias e opiniões próprias, assim como as árvores e as pedras ganham forma com a chuva, o vento e o tempo. Além disso, em meu confinamento eu tinha outras preocupações: meu problema com a bebida, aborrecimentos de família, futuro incerto em que estava defrontado com uma possível sentença de prisão ou uma vida aos "cuidados" do descuidado Leviatã, que providenciaria tudo para eu ir morar no décimo terceiro andar.

Mas ultimamente, enquanto acompanho a cambiante relação de minha mãe com seu crime, lembrei-me de rumores sobre um novo arranjo em matéria de azul e rosa. Cuidado com o que deseja. Há uma nova orientação na vida universitária. Essa digressão pode parecer insignificante, no entanto pretendo iniciar meus estudos superiores logo que puder. Física, língua gaélica, qualquer coisa. Por isso é inevitável que me interesse. Um curioso estado de espírito tomou conta dos jovens. Eles se mostram mobilizados, por vezes raivosos, mas sobretudo carentes, e desejam a bênção das autoridades, a validação da *identidade* que venham a escolher. Talvez o declínio do Ocidente sob novo disfarce. Ou a exaltação e liberação do eu. Uma rede social chamou atenção ao propor setenta e uma opções de gênero — neutro, dois espíritos, bigênero...

a cor que se desejar, sr. Ford. A biologia, afinal de contas, não determina o destino, e isso é algo a ser comemorado. Um camarão não é um fator limitativo nem estável. Declaro meu sentimento inegável pelo que sou. Se eu for branco, posso me identificar como negro. E vice-versa. Posso me declarar incapaz, ou incapaz em determinado contexto. Se me identifico como crente, sou facilmente ferido, a carne sangra diante de qualquer questionamento de minha fé. Ofendido, entro em estado de graça. Se opiniões inconvenientes pairam sobre mim como anjos caídos ou malvados djins (dois quilômetros sendo perto demais), necessitarei de uma sala segura especial no campus equipada com massa de modelar e filmes emendados uns nos outros de cachorrinhos fazendo travessuras. Ah, a vida intelectual! Talvez eu precise de avisos prévios se livros ou ideias perturbadoras ameaçarem minha existência ao se aproximarem demais, resfolegando junto ao meu rosto, ao meu cérebro, como cães indesejáveis.

Sentirei, logo serei. Vou ser um ativista das emoções, fazer campanhas barulhentas e lutar com lágrimas e suspiros, a fim de moldar as instituições que circundam meu eu vulnerável. Minha identidade será minha única, preciosa e verdadeira posse, meu acesso à verdade singular. O mundo deve amá-la, nutri-la e protegê-la como eu faço. Se minha universidade não me abençoar, não me validar e não me der o que claramente necessito, vou encostar o rosto no peito do vice-reitor e chorar. Depois exigir que ele peça demissão.

O útero, ou este útero, não é um lugar tão ruim, assemelha-se a um túmulo, "agradável e privado", de acordo com um dos poemas prediletos de meu pai. Vou fazer uma versão de útero para meus dias de estudante, deixar de lado o Iluminismo de ingleses, escoceses e franceses. Abaixo o real, os fatos tediosos, o fingimento odioso da objetividade. Os sentimentos reinam como uma rainha. A não ser que queiram se identificar como rei.

Eu sei. O sarcasmo não cai bem num ser não nascido. E por que a digressão? Porque minha mãe está sintonizada com os novos tempos. Talvez ela ainda não saiba, mas marcha com o movimento. Sua condição de assassina é um fato, um item no mundo externo a ela. Mas isso pelo modo antigo de pensar. Ela se afirma, se identifica como inocente. Mesmo enquanto se esforça para limpar os vestígios na cozinha, ela se sente livre de culpa e, portanto, é — quase. Seu pesar, suas lágrimas são provas de retidão. Está começando a se convencer da sua história de depressão e suicídio. Pode quase acreditar nas pistas falsas deixadas no carro. Basta que convença a si mesma para conseguir enganar com facilidade e consistência. As mentiras serão *sua* verdade. Mas sua construção é nova e frágil. O sorriso horrendo de meu pai poderia derrubá-la, aquele esgar de quem sabe de tudo se estendendo com frieza pelo rosto de um cadáver. Por isso é necessário que Elodia valide o eu inocente de minha mãe. E também é por isso que ela agora se inclina para a frente, me levando com ela, para ouvir com ternura as palavras titubeantes da poeta. Pois Elodia em breve será interrogada pela polícia. Suas convicções, que lhe afetarão diretamente a memória e a ordem do relato, precisam ser convenientemente moldadas.

Claude, ao contrário de Trudy, admite seu crime. Trata-se de um homem da Renascença, um Maquiavel, um vilão da velha escola que crê ser possível escapar depois de cometer um homicídio. O mundo não lhe vem através da névoa da subjetividade; chega refratado pela ignorância e pela cobiça, distorcido como por um vidro ou pela água, projetado numa tela diante do olho interior, uma mentira tão nítida e brilhante quanto a verdade. Claude não sabe que é um imbecil. Se você é um imbecil, como pode saber? Pode vir tropeçando ao longo de um matagal de lugares-comuns, mas compreende o que fez e por quê. Vai desabrochar, sem nem uma olhadinha para trás, a menos que seja apanhado e punido, então nunca se culpará, apenas admitirá a má sorte em meio a fatos aleatórios. Pode exigir sua herança, seu direito como ser racional. Os inimigos do Iluminismo dirão que ele é a corporificação de seu espírito. Bobagem!

Mas sei o que eles desejariam dizer com isso.

16.

Elodia me elude, me escapa como uma canção de que só lembramos um trecho — na verdade, uma melodia inacabada. Quando passou raspando por nós no vestíbulo, quando ainda era em nossos pensamentos a namorada de meu pai, me esforcei para ouvir o ranger atraente do couro. Mas não, acho que hoje ela está vestida num estilo mais suave, mais colorido. Teria sido uma figura impressionante à noite no evento de poesia. No auge da crise de choro, sua voz era pura. Mas, ao relatar a visita ao necrotério agarrada ao pulso do noivo, trouxe de volta, à medida que cada frase chegava ao fim, a tal pronúncia urbana gutural, seu elegante rosnado. Agora, quando minha mãe estica o braço sobre a mesa da cozinha para pegar a mão da visitante, vejo que nas vogais foi restaurado o grasnido do pato. Elodia está relaxando ao calor da confiança de minha mãe enquanto, como poetisa, elogia os poemas de meu pai. É dos sonetos que ela mais gosta.

"Ele os escreveu no estilo de quem conversa, mas densos de significado, e tão musicais!"

Seu uso do tempo verbal é correto mas insultuoso. Ela fala como se a morte de John Cairncross tivesse sido confirmada, absorvida, reconhecida publicamente, historicamente tão a salvo da tristeza como o saque de Roma. Trudy vai se importar com isso mais do que eu. Fui condicionado a acreditar que a poesia dele era uma droga. Hoje tudo está aberto à reavaliação.

Com a voz grave por causa da hipocrisia, Trudy diz: "Levará muito tempo até termos a noção exata da qualidade dele como poeta".

"Ah, sim, isso mesmo! Mas já temos uma boa ideia. Acima de Hughes. Lá no topo com Fenton, Heaney e Plath."

"Nomes de respeito", diz Claude.

Esse é meu problema com Elodia. O que ela está fazendo aqui? Dança como um coribante tresloucado, entrando e saindo de foco. Elogiar meu pai em excesso pode ser uma forma de consolar minha mãe. Nesse caso, mal concebida. Ou a tristeza distorce sua capacidade de julgamento. Isso é perdoável. Ou sua autoimportância está ligada à do mestre. Não está. Ou veio descobrir quem matou seu amante. Isso é interessante.

Devo gostar ou desconfiar dela?

Minha mãe a adora e não larga sua mão. "Você sabe disso melhor do que eu. Um talento daquela dimensão tem um custo. Não apenas para si mesmo. Generoso com todo mundo. Até com estranhos. As pessoas dizendo: 'Quase tão generoso quanto Heaney'. Não que eu o tenha conhecido ou lido. Mas logo abaixo da superfície John vivia uma agonia..."

"Não!"

"Dúvidas sobre si mesmo. Uma constante dor mental. Vociferava contra aqueles que amava. Mas era ainda mais cruel consigo próprio. Depois o poema enfim era escrito..."

"E o sol brilhava." Claude captou a linha da cunhada.

Trudy diz em voz alta enquanto ainda soam as palavras dele: "Aquele estilo de conversação? Uma longa batalha para arrancá-lo de sua alma...".

"Ah!"

"Vida pessoal destruída. E agora..."

Ela fica sufocada ao pronunciar a pequena palavra que contém o presente fatídico. Num dia como este de reavaliação eu poderia estar errado. Mas sempre achei que meu pai compunha depressa, com uma facilidade criticável. Isso foi dito contra ele na resenha que um dia nos leu em voz alta para provar sua indiferença. Eu o ouvi dizer a minha mãe numa de suas tristes visitas: se não vem logo, não devia vir. Há um encanto especial na facilidade. Toda arte aspira à condição de Mozart. Depois riu de sua própria presunção. Trudy não vai se lembrar disso. E nunca saberá que, mesmo enquanto mentia sobre a saúde mental de meu pai, a poesia dele elevava o nível da linguagem dela. Vociferava? Arrancá-lo? Alma? Roupas emprestadas!

Mas elas causaram forte impressão. Mãe fria, ela sabe o que está fazendo.

Elodia sussurra: "Eu nunca soube".

Outro silêncio. Trudy aguarda intensamente, como um pescador que posicionou a isca num bom lugar. Claude inicia uma palavra, uma mera vogal, cortada, creio eu, por um olhar dela.

Nossa visitante começa de forma dramática. "Todas as instruções de John estão gravadas em meu coração. Quando quebrar um verso. 'Nunca à toa. Mantenha o leme. Faça sentido, uma unidade de sentido. Decida, decida, decida.' E aprenda a escandir 'de modo a romper o ritmo com consciência'. Depois, 'a forma não é uma prisão. É um velho amigo que você só finge estar abandonando'. E sobre os sentimentos. Ele costumava dizer: 'Não exponha seu coração. Um detalhe conta toda a verdade'. E ainda: 'Escreva para a voz, não para a página, escreva para a noite barulhenta no hall da paróquia'. Nos fez ler James Fenton sobre a genialidade do troqueu. Mais tarde passou uma tarefa para a semana seguinte: um poema de quatro estrofes em tetrâmetros trocaicos catalécticos. Rimos dessa definição esdrúxula. Mas ele nos fez recitar um exemplo simplório: 'Quem avisa amigo é'. Depois declamou de cor a 'Canção do outono', de Auden. "As folhas tombam bem depressa agora,/ Nem o copo-de-leite se demora." Por que a supressão da última sílaba do verso é tão importante? Não soubemos responder. Depois um verso com a sílaba fraca restaurada. 'Paz e amor são coisas belas.' Por isso, para a tarefa que ele havia passado, compus meu primeiro poema sobre corujas — usando a mesma métrica da 'Canção do outono'.

"Nos obrigou a decorar nossos melhores poemas. Assim, podíamos ser audaciosos em nossa primeira leitura pública, nos plantarmos no palco sem levar as páginas. Essa ideia quase me fez desmaiar. Olhe só eu falando em troqueus!"

Essa conversa sobre escansão só interessa a mim. Sinto a impaciência de minha mãe. Isso se estendeu demais. Se eu pudesse prender a respiração, prenderia agora.

"Ele nos comprava drinques, emprestava dinheiro que nunca devolvíamos, escutava nossas histórias sobre brigas com namorados e problemas com pais, sobre o chamado bloqueio do escritor. Pagou a fiança de um candidato a poeta do grupo que foi preso por estar bêbado. Escreveu cartas para nos ajudar a conseguir bolsas de estudo ou empregos modestos em revistas literárias. Amávamos os poetas que ele amava, as opiniões dele se tornavam as nossas. Ouvíamos suas palestras no rádio, comparecíamos às leituras que ele nos indicava. E íamos às dele. Conhecíamos seus poemas, suas historinhas, suas frases prediletas. Pensávamos que o conhecíamos. Nunca passou pela cabeça de ninguém que John, o adulto, o sacerdote-mor, também tivesse problemas. Ou que duvidasse de sua poesia tanto quanto nós duvidávamos das nossas. Em geral, só nos preocupávamos com sexo e dinheiro. Nunca com a agonia dele. Se ao menos tivéssemos sabido."

A isca foi mordida, a linha cada vez menor está retesada e vibrando, agora o peixe caiu na rede. Sinto minha mãe relaxar.

Aquela misteriosa partícula, meu pai, está ganhando massa, crescendo em seriedade e integridade. Fico dividido entre o orgulho e a culpa.

Num tom de voz corajoso e simpático, Trudy diz: "Não faria a menor diferença. Você não deve se culpar. Sabíamos de tudo, Claude e eu. Tentamos tudo".

Claude, movido pelo som de seu nome, limpa a garganta. "Nenhuma ajuda foi possível. Ele era seu pior inimigo."

"Antes de você ir", diz Trudy, "quero lhe dar uma coisa."

Subimos a escada até o vestíbulo e depois até o segundo andar, minha mãe e eu nos movendo lugubremente, Elodia logo atrás. Com certeza o objetivo é permitir que Claude junte as coisas que precisa jogar fora. Agora estamos na biblioteca. Ouço a jovem poeta inalando o ar ao se ver cercada por três paredes de poesia.

"Me desculpe este cheiro todo de mofo."

Já de luto. Os livros, o próprio ar da biblioteca.

"Gostaria que você ficasse com um deles."

"Ah, não posso. Você não deveria manter todos juntos?"

"Quero que você leve um. Ele também ia querer isso."

Esperamos enquanto ela decide.

Elodia está sem jeito e por isso se apressa. Volta-se para mostrar sua escolha.

"John pôs seu nome nele. Peter Porter. *O custo da seriedade*. Tem o poema 'As exéquias'. Mais uma vez tetrâmetros. Os mais lindos."

"Ah, sei. Ele veio jantar aqui uma noite. Acho."

Quando ela acaba de dizer isso, a campainha toca. Mais alto e mais longamente que de costume. Minha mãe fica tensa, seu coração começa a bater forte. O que ela teme? "Sei que você vai receber muitas visitas. Muito obrigada..."

"Shhh!"

Descemos a escada em silêncio. Trudy se apoia cautelosamente no corrimão. Cuidado agora. Ouvimos Claude falar ao longe no videofone, depois passos subindo da cozinha.

"Ah, inferno", minha mãe sussurra.

"Você está bem? Precisa se sentar?"

"Acho que sim."

Recuamos a fim de sairmos da linha de visão da porta da frente. Elodia ajuda minha mãe a se sentar na poltrona de couro rachado na qual costumava se perder em devaneios enquanto o marido recitava para ela.

Ouvimos a porta sendo aberta, murmúrio de vozes, a porta sendo fechada. Depois apenas os passos de uma pessoa caminhando pelo vestíbulo. Obviamente a entrega da comida dinamarquesa, os sanduíches abertos, meu sonho de arenque prestes a ser realizado — em parte.

Trudy também se dá conta de tudo isso. "Vou levá-la até a porta."

No andar de baixo, justamente quando está saindo, Elodia se volta para Trudy e diz: "Estão me esperando na delegacia amanhã de manhã, às nove".

"Sinto muito. Vai ser duro para você. Simplesmente conte tudo que sabe."

"Vou fazer isso. Obrigada. E obrigada por este livro."

As duas se abraçam e se beijam, e ela vai embora. Meu palpite é que ela conseguiu o que veio buscar.

Voltamos para a cozinha. Estou me sentindo estranho. Faminto. Exausto. Desesperado. Minha preocupação é que Trudy diga a Claude que não consegue nem pensar em comer. Não depois de a campainha ter tocado. O medo é um emético. Vou nascer morto por inanição. Mas ela, eu e a fome formamos um sistema e, como era de esperar, as embalagens de papel-alumínio são rasgadas. Ela e Claude comem rápido, de pé junto à mesa da cozinha, onde ainda devem estar as canecas de café de ontem.

Ele diz de boca cheia: "Malas feitas, tudo pronto?".

Arenque no vinagre, pepininho de conserva, uma fatia de limão no pão preto. Não levam muito tempo até chegar a mim. Fico bem alerta depressa sob o açoite de uma essência penetrante e mais salgada que o sangue, com o sabor forte de espuma do oceano onde solitários cardumes de arenque rumam para o norte em águas limpas, escuras e gélidas. Vem vindo, uma brisa glacial fustigando meu rosto, como se eu estivesse corajosamente postado à proa de um navio indômito a caminho das amplidões árticas. Isto é, Trudy come um sanduíche aberto depois do outro, sem parar até dar a primeira mordida no último deles e o jogar no chão. Sente-se tonta, necessita de uma cadeira.

Geme. "Estava ótimo! Olhe, lágrimas, estou chorando de prazer."

"Estou indo", diz Claude. "E você pode chorar sozinha."

Há muito tempo estou bem grande para este lugar. Agora estou grande demais. Meus membros estão dobrados e pressionando fortemente o peito, minha cabeça está enfiada na única saída. Uso minha mãe como um capacete bem justo. Minhas costas doem, estou deformado, as unhas precisam ser cortadas, estou cansado de me demorar aqui nesta penumbra onde o torpor não anula o pensamento, mas o libera. Fome, depois sono. A primeira precisa ser saciada, o segundo a substitui. Ad infinitum, até que as necessidades se transformam em meros caprichos, em luxos. Tudo isso faz parte de nossa condição. Mas para os outros. Estou conservado em vinagre, os arenques me levam para longe, sou carregado nos ombros de um gigantesco cardume que ruma para o norte e, ao chegar, não ouvirei a música das focas e do gelo que geme, e sim das provas que estão desaparecendo, das torneiras abertas, das bolhas de detergente que estouram, de coisas sendo lavadas e secadas, das panelas que se entrechocam à meia-noite, das cadeiras postas em cima da mesa para revelar o chão e sua carga de restos de comida, cabelos humanos e cocô de rato. Sim, eu estava lá quando ele a induziu a voltar para a cama, a chamou de ratinha, apertou com força os mamilos dela, cobriu seu rosto com seu bafo de mentiroso e a língua cheia de clichês.

E eu não fiz nada.

17.

Acordo num quase silêncio para descobrir que me encontro na horizontal. Como sempre, ouço atentamente. Além do tiquetaquear paciente do coração de Trudy, além dos suspiros de sua respiração e dos estalidos muito tênues da caixa torácica, percebo os murmúrios e gotejamentos de um corpo sustentado por redes ocultas de manutenção e regulação, como uma cidade eficiente nas altas horas da madrugada. Mais além das paredes, a comoção rítmica dos roncos de meu tio, menos ruidosos que de costume. Mais além do quarto, nenhum som de tráfego. Em outros tempos, eu me viraria da melhor maneira possível e mergulharia de novo num vazio sem sonhos. Agora uma farpa, uma verdade pontiaguda do dia de ontem perfura o tecido delicado do sono. Depois tudo, todo mundo, o pequeno e entusiasmado elenco, entra através do rasgão. Quem vem primeiro? Meu pai sorridente, o novo e difícil rumor de sua decência e talento. A mãe a quem estou ligado e fadado a amar e odiar. O priápico e satânico Claude. Elodia, a poetisa que sabe escandir, dátilo digno de confiança. E eu, que covardemente me absolvi de buscar vingança, que me absolvi de tudo menos de pensar. Esses cinco personagens se exibem diante de mim, desempenhando seus papéis nos fatos tal como se passaram, e depois como poderiam ter se passado e ainda podem se passar. Não tenho autoridade para dirigir a ação. Só posso assistir. As horas correm.

Mais tarde sou acordado por vozes. Encontro-me num declive, sugerindo que minha mãe está sentada na cama e apoiada nos travesseiros. O tráfego lá fora não atingiu a intensidade das horas de maior movimento. Meu palpite é que são seis da manhã. Minha primeira preocupação é que façamos uma visita matinal à Parede da Morte. Mas não, eles nem se tocam. Apenas conversam. Tiveram suficiente prazer para durar no mínimo até meio-dia, o que abre oportunidade para o rancor, ou para a razão, ou até mesmo para o remorso. Escolheram o primeiro. Minha mãe está falando com o tom de voz monótono que reserva para suas queixas. A primeira frase completa que entendo é esta:

"Se você não tivesse entrado na minha vida, John estaria vivo."

Claude reflete. "Eu diria o mesmo se você não tivesse entrado na minha."

Segue-se um silêncio a essa manobra de bloqueio. Trudy tenta de novo: "Você transformou uma diversão boba em outra coisa, quando trouxe aquele troço aqui para casa".

"O troço que você fez ele beber."

"Se você não tivesse…"

"Escuta. Queridinha."

A palavra carinhosa soa mais como ameaça. Ele respira

fundo e reflete mais uma vez. Sabe que precisa ser gentil. Mas gentileza sem desejo, sem a promessa de uma recompensa erótica, é difícil para ele. A tensão se revela em sua garganta. "Está *ótimo*. Não é uma questão criminal. Vamos indo numa boa. A garota vai dizer tudo certinho."

"Graças a mim."

"Isso mesmo, graças a você. Atestado de óbito, certo. Testamento, certo. Cremação e todos os babados, certo. Bebê e a casa à venda, certo..."

"Mas só quatro milhões e meio..."

"Está *ótimo*. Na pior das hipóteses, plano B... ótimo."

Só a sintaxe pode fazer alguém pensar que estou à venda. Mas ficarei livre no momento do parto. Ou não valerei nada.

Trudy repete com desprezo: "Quatro milhões e meio".

"Rapidinho. Sem perguntas."

Um catecismo de amantes, que já devem ter recitado antes. Nem sempre estou escutando. Ela diz: "Por que a pressa?". Ele diz: "Para o caso das coisas darem errado". Ela diz: "Por que devo confiar em você?". Ele diz: "Não há escolha".

Será que os documentos de venda da casa já chegaram? Ela assinou? Não sei. Às vezes cochilo e não ouço tudo. E não me importo. Como nada possuo, a propriedade não me interessa. Arranha-céus, barracões de zinco, todas as pontes e templos no meio deles. Que façam bom proveito. Meu interesse é estritamente *post partum*, a marca dos cascos deixada na pedra ao partir, o cordeirinho sangrando rumo aos céus. Sempre para cima. Ar quente sem balão. Me leve consigo, jogue fora o lastro. Quero minha *chance*, a vida que me espera, paraíso na Terra, mesmo que um inferno, um décimo terceiro andar. Posso aguentar. Acredito na vida após o nascimento, embora saiba como é difícil separar a esperança dos fatos. Qualquer coisa mais curta que a eternidade vai servir. Setenta? Embrulhe, vou levar. Na esperança — tenho ouvido sobre as mais recentes carnificinas dos que sonham com a vida no Além. Massacre neste mundo, beatitude no próximo. Jovens barbudos com pele boa e armas longas no Boulevard Voltaire olhando no fundo dos olhos bonitos e incrédulos de gente de sua própria geração. Não foi o ódio que matou os inocentes, mas a fé, esse fantasma faminto ainda reverenciado mesmo por gente de bem. Muito tempo atrás, alguém declarou que a certeza infundada era uma virtude. Agora até pessoas mais cultas dizem isso. Escutei as mensagens radiofônicas transmitidas de catedrais nas manhãs de domingo. Os fantasmas mais virtuosos da Europa — religião e, quando ela tropeçou, utopias ateias prenhes de provas científicas — arrasaram tudo em seu caminho do décimo ao vigésimo séculos. Agora estão de volta, levantando-se a leste, perseguindo seu milênio, ensinando criancinhas a cortarem o pescoço de ursos de pelúcia. E aqui estou eu, com minha fé doméstica numa vida mais além. Sei que é mais do que um programa de rádio. As vozes que escuto não estão, ou não apenas, dentro da minha cabeça. Creio que minha hora chegará. Também sou virtuoso.

A manhã corre sem novidades. A troca de palavras acrimoniosas em voz baixa entre Trudy e Claude vai cedendo lugar a horas de sono, depois do que ela o deixa na cama e vai tomar banho. Em meio ao calor, ao tamborilar monótono das gotas de água e ao som do cantarolar afinado de minha mãe, sou invadido por um inexplicável sentimento de alegria e excitação. Não posso evitar, não tenho como manter a felicidade à distância. Será por causa dos hormônios tomados por empréstimo? Não importa. Vejo o mundo como algo dourado, embora isso também não seja mais que um nome. Sei que, ao longo da escala, ele fica perto do amarelo, também apenas uma palavra. Mas dourado soa bem, sinto isso quando a água quente corre veloz na parte de trás do meu crânio. Não me lembro de um prazer tão radioso. Estou pronto, estou chegando, o mundo me acolherá, porque não pode resistir a mim. Vinho tomado na taça e não através da placenta, livros sob um abajur, música de Bach, caminhadas na praia, beijos ao luar. Tudo que aprendi até agora me diz que essas delícias são acessíveis, alcançáveis, que elas me aguardam. Mesmo quando o barulho da água cessa, quando damos um passo adiante para enfrentar o ar mais frio e sou sacudido violentamente pela toalha de Trudy, tenho a impressão de ouvir cânticos em minha mente. Coros de anjos!

Outro dia quente, outra roupa esvoaçante de algodão estampado, imagino, a sandália de ontem, nenhum perfume porque, se usou o sabonete que Claude lhe deu, está cheirando a gardênia e patchuli. Hoje ela não faz as tranças. Em vez disso, dois prendedores de plástico, acima de cada orelha e sem dúvida muito coloridos, prendem seu cabelo de um lado e de outro. Sinto minha euforia desinflar à medida que descemos a escada. Ter esquecido agora há pouco de meu pai por alguns minutos! Entramos numa cozinha limpa, cuja ordem incomum é o tributo noturno de minha mãe a ele. As exéquias compostas por ela. A acústica se alterou, o assoalho não gruda mais na sola da sandália. As moscas se mudaram para outros céus. Quando ela vai até a máquina de café, deve estar pensando, tanto quanto eu, que a esta altura o interrogatório de Elodia já terminou. Os homens da lei estão confirmando ou abandonando suas primeiras impressões. De fato, neste momento, as duas são verdadeiras para nós. À nossa frente o caminho parece se abrir em dois, mas já se bifurcou. De qualquer modo haverá uma visita.

Ela pega numa prateleira a lata de pó de café e os filtros de papel, abre a torneira de água fria, enche uma jarra, apanha uma colher. As canecas já estão limpas. Ela põe duas na mesa. Há algo de comovente nessa rotina bem conhecida, no som dos objetos domésticos tocando as diferentes superfícies. Assim como no pequeno suspiro que ela solta ao virar ou curvar ligeiramente nossa forma pesada. Já é claro para mim quanto da vida é esquecido mesmo enquanto acontece. Quase tudo. O presente irrelevante se desenrolando para longe de nós, a queda discreta dos pensamentos corriqueiros, o milagre tão negligenciado da existência. Quando ela já não tiver vinte e oito anos, quando já não estiver grávida nem for mais bonita, ou até mesmo livre, não vai se lembrar do modo como pousou a colher e do som que ela fez contra a pedra, do vestido que usou hoje, do contato da tira de couro da sandália entre os dedos dos pés, do calor do verão, do barulho da cidade mais além das paredes da casa, do breve canto do passarinho perto de uma janela fechada. Todos já se foram.

Mas hoje é especial. Se ela esquece o presente, é porque seu coração está no futuro, que se aproxima veloz. Está pensando nas mentiras que precisará contar, como elas devem estar interligadas e ser consistentes com as de Claude. Isso representa uma pressão, é a sensação que costumava ter antes de uma prova. Um friozinho na barriga, os joelhos fraquejando, a tendência a bocejar. Ela precisa relembrar suas falas. O custo do fracasso sendo maior, mais interessante que o de um exame rotineiro da escola. Poderia tentar uma velha forma que desde a infância usava para se tranquilizar — *ninguém vai morrer por causa disso*. Agora não serve. Tenho pena dela. Eu a amo.

Um sentimento de proteção me invade. Não consigo descartar de todo a noção inútil de que pessoas muito bonitas deveriam viver segundo códigos diferentes. Para um rosto como imagino ser o dela, deveria haver um respeito especial. Seria um ultraje aprisioná-la. Atentado contra a natureza. Já há um toque de nostalgia neste momento doméstico. Trata-se de um tesouro, de uma joia a ser guardada na lembrança. Tenho minha mãe só para mim aqui nesta cozinha arrumada, num dia de sol e paz enquanto Claude dorme durante toda a manhã. Deveríamos ser muito próximos, ela e eu, mais próximos que dois amantes. Há alguma coisa que deveríamos estar sussurrando um para o outro.

Quem sabe adeus.

18.

No começo da tarde, o telefone toca e o futuro se apresenta. Inspetora-chefe Clare Allison, designada para cuidar do caso. A voz soa amistosa, nenhum indício de acusação. Isso pode ser um mau sinal.

Estamos de novo na cozinha, Claude segura o fone. O primeiro café do dia na outra mão. Trudy se posta perto dele e nós dois ouvimos os dois interlocutores. *Caso*? A palavra contém uma ameaça. Inspetora-*chefe*? Também não ajuda muito.

Avalio a ansiedade de meu tio por seu zelo em se mostrar solícito. "Ah, sim. Sim! É claro. Por favor, faça isso."

A inspetora-chefe Allison pretende nos visitar. O normal seria os dois irem à delegacia para uma conversa. Ou prestar depoimento, se apropriado. No entanto, por causa da gravidez avançada de Trudy, da dor da família, a inspetora-chefe e um sargento virão daqui a uma hora. Ela gostaria de dar uma olhada no local onde houve o último contato com o falecido.

Esta última informação, inocente e razoável a meus ouvidos, provoca em Claude um frenesi de boas-vindas. "Venha, por favor. Maravilhoso. Sem dúvida. Será um prazer conhecê-la. Contando os minutos. A senhora..."

Ela desliga. Ele se volta para nós, provavelmente cor de cinza, e diz numa voz desapontada: "Ah".

Trudy não resiste a imitá-lo: "*Tudo... ótimo*, não é?".

"Que *caso* é esse? Não se trata de uma questão criminal." Ele apela a uma audiência imaginária, a um conselho de sábios. A um júri.

"Odeio isso", minha mãe murmura, mais para si mesma. Ou para mim, eu gostaria de acreditar.

"Deve ser para o juiz de instrução." Claude se afasta de nós, ofendido, dá uma volta pela cozinha e retorna, indignado. Agora sua queixa é dirigida a Trudy. "*Não se trata* de um caso de polícia."

"Ah, é mesmo?", ela diz. "Melhor então telefonar para a inspetora e explicar isso a ela."

"Aquela poeta. Eu sabia que não podíamos confiar nela."

Entendemos que, como Elodia é assunto de minha mãe, de algum modo isso constitui uma acusação.

"Você gostou dela."

"Você disse que ela ia ser útil."

"Você gostou dela."

Mas a reiteração deliberadamente impassível não o espicaça.

"Quem não gostaria? E quem se importa com isso?"

"Eu me importo."

Pergunto-me mais uma vez o que ganho se eles brigarem. Isso poderia arruiná-los. Então eu ficaria com Trudy. Já a escutei dizer que, na prisão, mães que estão amamentando levam uma vida melhor. Mas vou perder meu direito de nascer, o sonho de todos os seres humanos, minha liberdade. Enquanto juntos, como uma equipe, eles podem escapar raspando. E depois me darem para alguém. Sem mãe, mas livre. Portanto, o que é melhor? Já pensei nisso, voltando sempre ao mesmo bendito lugar, à única decisão moralmente correta. Vou arriscar os confortos materiais e me aventurar no mundo. Já estive confinado por tempo demais. Voto pela liberdade. Os assassinos precisam escapar. Então, antes que a discussão sobre Elodia vá longe demais, este é um bom momento para dar outro pontapé em minha mãe, distraí-la da briga com o interessante fato da minha existência. Não um nem dois, mas o número mágico de todas as boas histórias antigas. Três vezes, como Pedro negando Jesus.

"Ai, ai, ai!" Ela quase canta isso. Claude puxa uma cadeira para ela e traz um copo de água.

"Você está suando."

"Bom, estou com calor."

Ele testa as janelas. Não são movidas há anos. Procura gelo, mas os recipientes estão vazios depois das três rodadas recentes de gim e tônica. Por isso ele se senta diante dela e oferece sua refrescante solidariedade.

"Vai dar tudo certo."

"Não, não vai."

O silêncio dele concorda. Eu estava pensando num quarto chute, mas o estado de espírito de Trudy é perigoso. Ela pode partir para o ataque e provocar uma reação temerária.

Depois de uma pausa, em tom apaziguador, ele diz: "Devíamos repassar mais uma vez".

"Que tal um advogado?"

"Um pouquinho tarde agora."

"Diga a eles que não vamos falar sem a presença de um advogado."

"Não vai cair bem, quando eles só estão vindo bater um papo."

"*Odeio* isso."

"Devíamos repassar mais uma vez."

Mas não repassam. Estupefatos, contemplam a abordagem da inspetora-chefe Allison. Muito em breve. Dentro de uma hora pode significar em um minuto. Sabendo de tudo, de quase tudo, sou parte do crime, sem dúvida a salvo de um interrogatório, porém amedrontado. E curioso, impaciente para testemunhar as habilidades da inspetora-chefe. Alguém de mente aberta seria capaz de desmascarar esses dois em minutos. Trudy traída pelos nervos, Claude pela burrice.

Estou tentando imaginar onde estão as canecas de café da manhã usadas durante a visita de meu pai. Transferidas, penso agora, para a pia, onde esperam sem ter sido lavadas. DNA numa caneca provará que minha mãe e meu tio dizem a verdade. Os restos dos sanduíches dinamarqueses devem estar por perto.

"Rapidinho", diz Claude por fim. "Vamos fazer isso. Onde a briga começou?"

"Na cozinha."

"Não. Na porta de entrada. Foi sobre o quê?"

"Dinheiro."

"Não. Botar você para fora. Há quanto tempo ele andava deprimido?"

"Anos."

"Meses. Quanto emprestei para ele?"

"Mil."

"Cinco mil. Meu Deus, Trudy."

"Estou grávida. Afeta a memória."

"Você mesma disse ontem. Tudo como foi, mais a depressão, menos a vitamina, mais a briga."

"Mais a luva. Menos que ele estava voltando para cá."

"Meu Deus, sim. Outra vez. Qual a causa da depressão?"

"Nós. Dívidas. Trabalho. O bebê."

"Certo."

Repassam mais uma vez. Na terceira, soa melhor. Que cumplicidade mais doentia, eu desejar que eles tenham êxito!

"Então repita."

"Tal como aconteceu. Menos a vitamina, mais a briga e a luva, menos a depressão, mais que ele estava voltando para cá."

"Não. Porra! Trudy. Exatamente como foi. *Mais* a depressão, menos a vitamina, mais a briga, mais a luva, menos a volta para cá."

A campainha toca e eles se imobilizam.

"Diga a eles que não estamos prontos."

Para minha mãe, essa era a ideia de uma piada. Ou prova de seu terror.

Provavelmente resmungando obscenidades, Claude caminha até o videofone, muda de ideia e segue para a escada em direção à porta da frente.

Trudy e eu damos uma volta nervosa pela cozinha, arrastando os pés. Ela também resmunga enquanto trabalha na história. Isso é proveitoso porque cada esforço sucessivo da memória a afasta mais dos fatos reais. Ela está memorizando suas lembranças. Os erros de transcrição serão a seu favor.

Constituirão de início um colchão útil, transformando-se depois em verdade. Também poderia dizer a si mesma: *ela* não comprou o glicol, não foi à Judd Street, não preparou a bebida, não pôs as coisas no carro, não jogou o liquidificador no lixo. Ela limpou a cozinha — nada de ilegal nisso. Convencida, estará libertada da astúcia consciente e pode ter uma chance. A mentira eficaz, assim como uma tacada de mestre no golfe, está livre da autoconsciência. Presto atenção nos comentários esportivos.

Atento aos passos que descem a escada, eu os diferencio. Os da inspetora-chefe Allison são leves, até mesmo como os de um passarinho, apesar de seu posto elevado. Apertos de mão são trocados. Pelo rígido "Como vai a senhora?" do sargento, reconheço o policial mais velho que esteve aqui ontem. O que terá impedido sua promoção? Classe, educação, Q.I., escândalo — o último, espero, pelo qual ele pode ser culpado, não precisando da minha compaixão.

A ágil inspetora-chefe senta-se à mesa da cozinha e convida todos a fazerem o mesmo, como se a casa fosse dela. Acho que capto minha mãe pensando que seria mais fácil enganar um homem. Allison abre uma pasta e fica apertando repetidamente o botão da mola da caneta enquanto fala. Nos diz que antes deseja expressar — faz uma pausa de grande efeito para olhar, não tenho dúvida, no fundo dos olhos de Trudy e de Claude — seus profundos sentimentos pela perda de um marido querido, de um irmão querido, de um amigo querido. Nada de um pai querido. Estou lutando contra o sentimento gélido e bem conhecido de exclusão. Mas a voz é cálida, maior que seu corpo, enfrentando sem tensões os ossos do ofício. A ligeira pronúncia típica dos habitantes mais pobres do leste de Londres corresponde aos padrões urbanos consagrados, e não será facilmente desafiada. Não pelas vogais forçadas de minha mãe, aprendidas em colégios caros. Esse velho truque já não funcionaria. Os tempos são outros. Um dia a maior parte dos estadistas britânicos falará como a inspetora-chefe. Me pergunto se ela tem uma arma. Desnecessário. Como a rainha, que não carrega dinheiro. Atirar nas pessoas é coisa de sargento para baixo.

Allison explica que se trata de uma conversa informal para ajudá-la a ter uma compreensão mais ampla dos trágicos acontecimentos. Trudy e Claude não têm nenhuma obrigação de responder às perguntas. Mas ela está errada. Eles se sentem obrigados. A recusa os faria dar a impressão de serem suspeitos. No entanto, se a inspetora-chefe estiver uma jogada à frente, pode pensar que a aceitação é ainda mais suspeita. Os que nada têm a esconder insistiriam num advogado como precaução contra os erros policiais ou uma intromissão ilegal.

Ao nos acomodarmos em torno da mesa, reparo na ausência de indagações corteses sobre mim, coisa de que me ressinto. Espera para quando? Menino ou menina?

Em vez disso, a inspetora-chefe não perde tempo. "Vocês podem me mostrar a casa depois que terminarmos a conversa."

Mais uma afirmação que um pedido. Claude está ansioso, ansioso demais, para obedecer. "Ah, sim. Sim!"

Uma ordem de busca seria a alternativa. Mas não há nada de interessante para a polícia no andar de cima além da imundície.

A inspetora-chefe diz para Trudy: "Seu marido veio aqui ontem por volta das dez horas da manhã?".

"Isso mesmo." Seu tom é impassível, um exemplo para Claude.

"E houve alguma tensão."

"Naturalmente."

"Por que naturalmente?"

"Estou morando com o irmão dele na casa que John achava que era sua."

"De quem é a casa?"

"Do casal."

"O casamento tinha acabado?"

"Sim."

"Se importa se eu perguntar? Ele achava que tinha acabado?"

Trudy hesita. Pode haver uma resposta certa e uma errada.

"Ele me queria de volta, mas também queria manter suas amigas."

"Conhece algum nome?"

"Não."

"Mas ele lhe falou sobre elas?"

"Não."

"Mas de alguma maneira a senhora sabia."

"Claro que eu *sabia*."

Trudy se permite algum desdém. Como se para dizer: "Sou a mulher de verdade aqui". Mas ignorou as instruções de Claude. Devia dizer a verdade, acrescentando e subtraindo apenas o que tinha sido combinado. Ouço meu tio se mexer na cadeira.

Sem fazer nenhuma pausa, Allison muda de assunto. "Vocês tomaram café."

"Sim."

"Os três? Em volta desta mesa?"

"Os três." Claude diz isso, talvez preocupado que seu silêncio esteja passando uma má impressão.

"Mais alguma coisa?"

"O quê?"

"Com o café. Vocês lhe ofereceram alguma coisa mais?"

"Não." Minha mãe soa cautelosa.

"E o que havia no café?"

"Como assim?"

"Leite? Açúcar?"

"Ele sempre tomava sem leite." O ritmo do pulso dela acelerou.

Mas o comportamento de Clare Allison é impenetravelmente neutro. Ela se volta para Claude. "Então o senhor lhe emprestou algum dinheiro."

"Sim."

"Quanto?"

"Cinco mil." Claude e Trudy respondem num coro mal sincronizado.

"Um cheque?"

"Na verdade em dinheiro vivo. Foi como ele queria."

"O senhor tem ido àquela loja de vitaminas na Judd Street?"

A resposta de Claude é tão rápida quanto a pergunta. "Uma ou duas vezes. Foi John quem nos falou sobre ela."

"Imagino que o senhor não tenha estado lá ontem."

"Não."

"Nunca pediu emprestado o chapéu preto de aba larga dele?"

"Nunca. Não faz meu estilo."

Essa pode ser a resposta errada, mas não há tempo para

raciocinar. As perguntas adquiriram um novo peso. O coração de Trudy está batendo mais rápido. Eu não confiaria nela para falar. Mas ela fala, e com voz estrangulada.

"Presente meu de aniversário. Ele amava aquele chapéu."

A inspetora-chefe já está passando para algo diferente, mas volta atrás. "É tudo que se vê na câmera de segurança. Mandamos o chapéu para um teste de DNA."

"Nem lhes oferecemos chá, café", diz Trudy com voz alterada.

A inspetora-chefe deve ter recusado com um balançar de cabeça por ela e pelo sargento, ainda em silêncio. "Agora é quase tudo assim", ela diz num tom nostálgico, "ciência e telas de computadores. Mas onde estávamos? Ah, sim. Houve alguma tensão. Mas vejo em minhas anotações que ocorreu uma briga."

Claude deve estar fazendo os mesmos raciocínios apressados que eu. Seu cabelo será encontrado no chapéu. A resposta correta era sim, tinha pedido emprestado algum tempo atrás.

"Sim", diz Trudy. "Uma de muitas."

"Se importa de me dizer..."

"Ele queria que eu saísse da casa. Eu disse que iria quando estivesse pronta."

"Quando ele foi embora, qual era seu estado de espírito?"

"Bem ruim. Estava péssimo. Confuso. Na verdade não queria que eu me mudasse daqui. Me queria de volta. Tentou que eu ficasse com ciúme, fingindo que Elodia era sua amante. Ela nos esclareceu tudo. Os dois não tinham um relacionamento."

Detalhes demais. Ela está tentando retomar o controle. Mas falando muito rápido. Precisa dar uma respirada.

Clare Allison fica em silêncio enquanto aguardamos para saber qual a próxima direção que tomará. Mas ela continua nesse assunto, declarando da forma mais delicada possível: "Não é a informação que tenho".

Um instante de torpor, como se o próprio som houvesse sido assassinado. O espaço em torno de mim se contrai porque Trudy parece ter se esvaziado como um balão. A coluna se dobra como a de uma velha. Sinto um pequeno orgulho de mim. Sempre tive minhas suspeitas. Com que avidez eles tinham acreditado em Elodia. Agora eles sabem: "Nem o copo-de-leite se demora". Mas também preciso ter cautela. A inspetora-chefe pode ter razões para mentir. Está apertando o botão da caneta esferográfica, pronta para seguir em frente.

Minha mãe diz baixinho: "Bem, suponho que eu fui a mais enganada".

"Sinto muito, sra. Cairncross. Mas minhas fontes são boas. Digamos apenas que se trata de uma jovem complicada."

Eu poderia explorar a teoria de que não é mau negócio para Trudy ser a pessoa injuriada, obter corroboração para a história do marido infiel. Mas estou pasmo; nós dois estamos pasmos. Meu pai, aquela partícula mal compreendida, girando, se afasta ainda mais de mim no momento em que a inspetora-chefe faz outra pergunta a minha mãe. Ela também responde baixinho, com o tremor adicional de uma garotinha punida.

"Alguma violência?"

"Não."

"Ameaças?"

"Não."

"Nenhuma de sua parte."

"Não."

"E sobre a depressão dele? O que pode me dizer?"

Isso é dito gentilmente, e deve ser uma armadilha. Mas Trudy não faz uma pausa. Angustiada demais para inventar novas mentiras, persuadida demais de sua verdade, repete tudo que disse antes, na mesma linguagem inverossímil. Constante dor mental... Vociferava contra aqueles que amava... arrancava os poemas de sua alma. Vem-me a imagem vívida de uma parada de soldados exaustos, as plumas dos chapéus destruídas. A recordação em sépia de um podcast, as guerras napoleônicas em muitos episódios. Na época em que minha mãe e eu estávamos tranquilos. Ah, se Bonaparte tivesse se mantido dentro de suas fronteiras e feito boas leis para a França!

Claude entra na conversa: "Ele era seu pior inimigo".

A acústica diferente me diz que a inspetora-chefe se voltou a fim de olhar diretamente para ele. "Algum outro inimigo, além dele próprio?"

O tom é despretensioso. Na melhor das hipóteses, uma pergunta pouco relevante; na pior das hipóteses, prenhe de intenções sinistras.

"Eu não saberia dizer. Nunca fomos muito próximos."

"Me conte", ela diz, com a voz mais calorosa, "sobre a infância dos dois. Isto é, se o senhor quiser."

Ele quer. "Eu era três anos mais novo. Ele era bom em tudo. Esportes, estudos, garotas. Me achava um boboca insignificante. Quando cresci, fiz a única coisa que ele não conseguia fazer. Ganhar dinheiro."

"Propriedades."

"Esse tipo de coisa."

A inspetora-chefe se volta de novo para Trudy. "Esta casa está à venda?"

"Claro que não."

"Ouvi dizer que estava."

Trudy não reage. Sua primeira jogada certa em muitos minutos.

Será que a inspetora-chefe está de uniforme? Deve estar. Seu quepe estará em cima da mesa, junto a seu cotovelo, como um grande bico. Não vejo nela a simpatia de um mamífero, mas rosto e lábios finos, roupas abotoadas até em cima. Sem dúvida sua cabeça, como a de um pombo, balança para a frente e para trás quando ela anda. O sargento a vê como uma detalhista. Fadada a galgar postos mais altos em que ele não a verá mais. Ela vai voar. Ou concluiu que John Cairncross se suicidou, ou tem razões para acreditar que uma gravidez no nono mês é uma boa maneira de ocultar um crime. Tudo que a inspetora-chefe diz, a observação mais banal, se presta a interpretações. O único poder que temos consiste em projetar. Tal como Claude, ela pode ser esperta ou burra, ou as duas coisas ao mesmo tempo. Simplesmente não sabemos. Nossa ignorância é o que enche sua mão com as melhores cartas do baralho. Meu palpite é que ela tem poucas suspeitas, que não sabe de nada. Que seus superiores a estão observando. Que precisa ser delicada porque esta conversa é irregular, podendo comprometer o processo legal. Que ela vai preferir o apropriado ao verdadeiro. Que sua carreira é um ovo que ela botou, ela vai se sentar sobre ele, chocá-lo e esperar.

Mas já me enganei antes.

19.

Qual o próximo passo? Clare Allison quer dar uma olhada na casa. Péssima ideia. Mas recusar agora, quando, pelo que sei, as coisas estão indo mal, tornaria tudo pior. O sargento sobe na frente a escada de madeira, seguido por Claude, pela inspetora-chefe, depois por minha mãe e eu. No térreo, a inspetora-chefe diz que, se concordarmos, ela gostaria de ir até o último andar e descer "trabalhando". Trudy não se interessa em subir mais. Os outros continuam, enquanto nós dois vamos nos sentar na sala — e pensar.

Envio meus pensamentos velozes adiante deles, primeiro à biblioteca. Pó de gesso, cheiro de morte, mas relativamente arrumada. No andar superior, quarto e banheiro, caos de uma espécie íntima, a própria cama um emaranhado de lascívia e sono interrompido, o chão coalhado de roupas largadas por Trudy, o banheiro com potes destampados, unguentos e roupa de baixo suja. Me pergunto o que a desordem significa para olhos desconfiados. Não há de ser algo moralmente neutro.

O desdém pelas coisas, pela organização, pela limpeza deve pertencer a uma escala onde existe também o desprezo pelas leis, pelos valores, pela própria vida. O que é um criminoso senão um espírito transtornado? No entanto, um quarto excessivamente arrumado também poderia levantar suspeitas. A inspetora-geral, com os olhos aguçados de uma águia, vai olhar o quarto de relance e se afastar. Mas no subconsciente a repugnância deve afetar seu julgamento.

Há cômodos mais acima, porém nunca fui tão longe. Trago meus pensamentos para o térreo e, como uma criança bem-comportada, atento para o estado de minha mãe. Seu ritmo cardíaco se estabilizou. Ela parece quase calma. Talvez fatalista. A bexiga cheia pressiona minha cabeça. Mas ela não está disposta a se mover. Faz seus cálculos, talvez pensando no plano dos dois. Porém deveria se perguntar qual é o seu próprio interesse. Dissociar-se de Claude. Incriminá-lo de algum modo. De nada serve os dois cumprirem uma pena de prisão. Então ela e eu poderíamos ir ficando por aqui. Ela não ia querer me dar a alguém se estivesse sozinha numa casa grande. Nesse caso, prometo que a perdoaria. Ou me encarregaria dela mais tarde.

Mas não há tempo para maquinações. Ouço-os descer de volta. Passam pela porta aberta da sala, a caminho da porta da frente. A inspetora-chefe certamente não pode ir embora sem um respeitoso adeus à viúva. Na verdade, Claude abriu a porta para mostrar a Allison onde seu irmão tinha estacionado o carro, como no início o motor não pegou, como, apesar da briga, eles tinham acenado quando o carro começou a funcionar e deu marcha a ré para alcançar a rua. Uma lição em matéria de contar a verdade.

Logo depois, Claude e os policiais estão diante de nós.

"Trudy — posso chamá-la de Trudy? Que momento terrível, e você está sendo muito prestativa. Muito hospitaleira. Não sei..." A inspetora-chefe se interrompe, sua atenção desviada. "Aquilo é do seu marido?"

Ela está olhando para as caixas de papelão que meu pai trouxe e deixou embaixo da janela semicircular. Minha mãe se põe de pé. Se vai haver algum problema, melhor que use sua altura. E largura.

"Ele estava voltando para cá. Saindo de Shoreditch."

"Posso ver?"

"Apenas livros. Mas pode, sim."

O sargento solta um murmúrio ofegante quando se ajoelha para abrir as caixas. Eu diria que a inspetora-chefe está agachada, agora não como um pássaro, mas como uma pata gigantesca. É errado eu não gostar dela. Ela é a lei, e já me considero no tribunal de Hobbes. O Estado precisa deter o monopólio da violência. Mas o jeitão da inspetora-chefe me irrita, o modo como vasculha as coisas de meu pai, seus livros prediletos, enquanto parece falar consigo mesma sabendo que não temos alternativa senão escutá-la.

"Não entendo. Muito, muito triste... bem na pista de acesso..."

Claro que ela está representando, trata-se de um prelúdio. Ela se levanta. Acho que está olhando para Trudy. Talvez para mim.

"Mas o verdadeiro mistério é o seguinte. Nenhuma impressão digital na garrafa de glicol. Nem no copo. Soube disso há pouco pelo pessoal técnico. Nenhum vestígio. Que estranho!"

"Ah!", diz Claude, mas Trudy o interrompe. Eu deveria alertá-la. Ela não deve se mostrar tão ansiosa. Sua explicação vem depressa demais. "A luva. Problema de pele. Ele tinha tanta vergonha das mãos!"

"Ah, a luva!", exclama a inspetora-chefe. "Tem razão. Esqueci completamente!" Ela está desdobrando um pedaço de papel. "Essa?"

Minha mãe dá um passo à frente para olhar. Deve ser a reprodução de uma fotografia. "Sim."

"Não havia outra?"

"Não como essa. Eu costumava dizer que ele não precisava dela. Ninguém realmente se importava."

"Ele usava o tempo todo?"

"Não. Mas bastante, principalmente quando estava deprimido."

A inspetora-chefe está de saída, e isso é um alívio. Nós todos a acompanhamos até o vestíbulo.

"Uma coisa engraçada. Outra vez meu pessoal técnico. Telefonaram hoje de manhã e me esqueci completamente. Eu devia ter contado a vocês. É tanta coisa acontecendo ao mesmo tempo... Cortes do pessoal que trabalha nas ruas. Onda de crimes na região. Enfim. Indicador e polegar da luva direita. Imagine só. Um ninho de pequenas aranhas. Uma porção delas. E, Trudy, você vai gostar de saber disto — os filhotes estão indo muito bem. Já estão rastejando!"

A porta da frente é aberta, provavelmente pelo sargento. A inspetora-chefe sai. Ao se afastar, sua voz diminui de volume e se mistura ao som do tráfego. "Não consigo de jeito nenhum me lembrar do nome em latim. Há muito tempo nenhuma mão calçava aquela luva."

O sargento toca no braço de minha mãe e por fim fala, dizendo gentilmente ao partir: "Voltamos amanhã de manhã. Para esclarecer umas últimas coisas".

20.

Por fim, a hora chegou. Há decisões a serem tomadas, urgentes, irreversíveis, autocondenatórias. Mas antes Trudy necessita de dois minutos de solidão. Corremos para o porão, para aquilo que antes chamavam de casinha. Lá, enquanto a pressão sobre meu crânio é aplacada e minha mãe continua sentada alguns segundos mais do que seria necessário, suspirando para si própria, meus pensamentos tornam-se claros. Ou tomam um novo rumo. Pensei que os assassinos deveriam escapar para garantir minha liberdade. Essa pode ser uma visão muito estreita, muito egoísta. Há outras considerações. O ódio a meu tio pode exceder o amor por minha mãe. Puni-lo pode ser mais nobre que salvá-la. Mas talvez seja possível conseguir as duas coisas.

Essas preocupações permanecem comigo ao voltarmos à cozinha. Parece que, depois que os policiais foram embora, Claude percebeu que precisava de um uísque. Ao ouvir a bebida sendo servida quando entrarmos, um som sedutor, Trudy descobre que também precisa de um. Dos grandes. Com água da torneira, meio a meio. Em silêncio, meu tio se desincumbe da tarefa. Em silêncio, ficam de pé frente a frente junto à pia. Não é hora de brindar. Cada um contemplando os erros do outro ou até mesmo os seus. Ou decidindo o que fazer. Esta é a emergência que temiam, e para a qual têm um plano. Bebem o que há nos copos e, sem uma palavra, partem para uma segunda dose. Nossas vidas estão prestes a mudar. A inspetora-chefe Allison paira sobre nós, uma deusa imprevisível e sorridente. Não saberemos, até que seja tarde demais, por que não efetuou as prisões naquele momento, por que nos deixou a sós. Dando os últimos retoques no caso, esperando a análise de DNA no chapéu, seguindo em frente? Minha mãe e meu tio devem levar em conta que qualquer escolha feita agora pode ser a que ela espera deles, e ela está a postos. Também é possível que o misterioso plano dos dois não tenha ocorrido a ela, e então os dois estariam um passo adiante. Boa razão para agir com audácia. Em vez disso, nesse momento eles preferem um drinque. Talvez qualquer coisa que façam preste um serviço a Clare Allison, inclusive esse interlúdio com um single malt. Mas não, a única chance deles é optar pela escolha radical — e agora.

Trudy ergue o braço para impedir uma terceira dose. Claude é mais resoluto. Está empenhado na busca rigorosa da clareza mental. Ouvimos enquanto se serve — ele vem bebendo uísque puro em grandes quantidades —, depois quando engole emitindo um som forte, que conhecemos bem. Devem estar se perguntando como evitar uma briga exatamente no momento que precisam trabalhar juntos. De longe chega o som de uma sirene, apenas uma ambulância, mas que espicaça seus medos. A rede do Estado se estende invisível por toda a cidade. Difícil escapar dela. Mas funciona como um ponto de teatro, porque finalmente ocorre uma fala, uma útil afirmação do óbvio.

"Isto é ruim." A voz de minha mãe é baixa e gutural.

"Onde estão os passaportes?"

"Estão comigo. E o dinheiro?"

"Na minha maleta."

Mas eles não se movem, e a assimetria da troca de palavras — a resposta evasiva de minha mãe — não provoca meu tio. Ele está bem avançado na terceira dose, quando a primeira de Trudy chega a mim. Nada sensual, mas, sem exagero, cai bem diante da situação, essa sensação de fim sem um começo à vista. Visualizo uma velha estrada militar através de um desfiladeiro gelado nas montanhas, um leve odor de pedra úmida e turfa, o som de aço e passos obedientes no chão de cascalho, o peso da amarga injustiça. Tão distante das vertentes voltadas para o sul, das flores cobertas de pólen nos fartos ramalhetes roxos que emolduravam as colinas longínquas, com seus tons sobrepostos de um índigo cada vez mais pálido. Eu preferia estar lá. Mas admito — o uísque, meu primeiro, liberta minha mente. Uma cruel libertação: o portão aberto conduz à luta e ao medo do que a mente é capaz de criar. Está acontecendo comigo agora. Me perguntam, eu mesmo me pergunto, o que mais desejo agora. Qualquer coisa. O realismo não é um fator limitativo. Corte as cordas, solte a imaginação. Posso responder sem pensar: vou atravessar o portão aberto.

Passos na escada. Trudy e Claude olham para cima, surpresos. Será que a inspetora encontrou um modo de entrar na casa? Um ladrão escolheu a pior das noites? É uma descida lenta, pesada. Eles veem um sapato preto de couro, um cinto, uma camisa manchada de vômito, e depois uma expressão terrível, ao mesmo tempo vazia e determinada. Meu pai está com as roupas com que morreu. Rosto exangue, lábios preto-esverdeados já em putrefação, olhos pequenos e penetrantes. Agora se postou ao pé da escada, mais alto que em minhas recordações. Veio do necrotério para nos encontrar e sabe exatamente o que deseja. Estou tremendo porque minha mãe também está. A imagem não é bruxuleante, ela nada tem de fantasmagórica. Este é meu pai em carne e osso, John Cairncross, como sempre foi. O gemido aterrorizado de minha mãe serve como estímulo, pois ele caminha em nossa direção.

"John", Claude diz com cautela, num tom de voz ascendente, como se pudesse despertar aquela figura e levá-la de volta à não existência a que pertence. "John, somos nós."

Isso parece bem entendido. Ele está à nossa frente, exalando um miasma de glicol e carne visitada por vermes amigáveis. É minha mãe quem ele encara fixamente com olhos pequenos, duros e negros, feitos de uma rocha indestrutível. Seus lábios repulsivos se movem, mas não emitem nenhum som. A língua é mais preta que os lábios. Mantendo o olhar nela o tempo todo, ele estende um braço. A mão descarnada se aferra à garganta de meu tio. Minha mãe não consegue nem gritar. Os olhos ilíquidos continuam pregados nela. Isso é para ela, o presente dele. A mão impiedosa aperta ainda mais. Claude cai de joelhos, olhos esbugalhados, as mãos golpeando e puxando inutilmente o braço do irmão. Só um guincho distante, o som patético de um camundongo, nos diz que ele ainda está vivo. Depois não está mais. Meu pai, que nem de relance olhou para ele uma única vez, deixa-o tombar no chão e agora puxa sua mulher para perto de si, a envolve em braços finos e fortes como vergalhões de aço. Traz o rosto dela para junto do dele e lhe dá um beijo longo e intenso com lábios gelados e apodrecidos. Ela é tomada de horror, de repugnância, de vergonha. Será atormentada por esse instante até o dia de sua morte. Indiferente, ele a liberta e caminha de volta para onde veio. Ao subir a escada, já começa a se desvanecer.

Bem, me perguntaram. Eu mesmo me perguntei. E era isso que eu queria. Uma fantasia infantil do Dia das Bruxas. De que outro modo encomendar a vingança de um espírito numa era de convicções seculares? O gótico foi razoavelmente banido, as feiticeiras largaram às pressas os caldeirões, só nos restou o materialismo, tão perturbador para a alma. Uma voz no rádio me disse certa vez que, quando compreendermos perfeitamente o que é a matéria, vamos nos sentir melhor. Duvido. Nunca terei o que quero.

Volto de meus devaneios e vejo que estamos no quarto. Não me lembro de termos subido. O som oco da porta do armário, o tilintar dos cabides de casacos, uma mala posta na cama, depois outra, o estalido das fechaduras sendo abertas. Eles deveriam ter feito as malas com antecedência. A inspetora poderia vir até mesmo esta noite. É isso que eles chamam de plano? Ouço imprecações e resmungos.

"Onde é que está? Estava aqui comigo. Na minha mão!"

Cruzam o quarto de um lado ao outro, abrem gavetas,

entram e saem do banheiro. Trudy deixa cair um copo, que se estilhaça no chão. Ela nem liga. Por algum motivo, o rádio está ligado. Claude senta-se com seu notebook e murmura: "Trem às nove. O táxi está a caminho".

"Eu preferia Paris a Bruxelas. Melhores conexões para seguir viagem", Trudy resmunga para si mesma ainda no banheiro. "Dólares... euros."

Tudo que eles dizem, mesmo os ruídos que fazem, têm um ar de despedida, como um triste acorde final, um adeus cantado. Este é o fim, não voltaremos. A casa, a casa de meu avô em que eu deveria crescer, está prestes a se apagar. Não me lembrarei dela. Eu gostaria de solicitar uma lista de países sem acordo de extradição. Na maioria são desconfortáveis, desorganizados, quentes. Ouvi dizer que Beijing é um lugar aprazível para fugitivos. Uma próspera aldeia de vilões que falam inglês enterrada na vastidão populosa da cidade cosmopolita. Um bom local para terminar.

"Soníferos, analgésicos", Claude diz em voz alta.

Sua voz, seu tom me instigam. Hora de decidir. Ele está fechando as malas, prendendo as tiras de couro. Foi rápido. Então já deviam ter começado a fazê-las. São daquelas antigas, de duas rodinhas e não quatro. Claude as levanta da cama e põe no chão.

Trudy pergunta: "Qual?".

Acho que está mostrando dois lenços de pescoço. Claude resmunga sua escolha. Isso não passa de um simulacro de normalidade. Quanto tomarem o trem, quando atravessarem a fronteira, a culpa dos dois vai se revelar. Só dispõem de uma hora e devem se apressar. Trudy diz que há um casaco que ela quer e que não está conseguindo achar. Claude insiste que ela não vai precisar dele.

"É levinho", ela diz. "O branco."

"Você vai se destacar na multidão. Nas câmeras de segurança."

Mas ela acaba encontrando-o justamente quando o Big Ben bate oito horas e o noticiário começa. Eles não param para escutar. Ainda há algumas últimas coisas para pegar. Na Nigéria, crianças queimadas vivas diante dos pais pelos guardiões das chamas. Na Coreia do Norte, um foguete é lançado. Ao redor do mundo, a elevação do nível do mar supera as previsões. Mas nenhuma dessas é a principal. Tal privilégio é dado a uma nova catástrofe. Uma combinação — pobreza e guerra, com mudança climática na reserva — que vem expulsando milhões de pessoas de seus lares, um antigo épico sob novo formato, vastos movimentos humanos como rios ingurgitados na primavera, Danúbios, Renos e Ródanos de seres irados ou desolados, ou esperançosos, amontoados nas fronteiras contra as cercas de arame cortante, afogando-se aos milhares ao tentarem compartilhar as riquezas do Ocidente. Se, como prega o novo clichê, isso é bíblico, os mares não estão se abrindo para eles, não o Egeu, não o Canal da Mancha. A velha Europa tem sonhos agitados, vacila entre a piedade e o medo, entre auxiliar e repelir. Comovida e gentil numa semana, de coração duro e bastante moderada na seguinte, ela quer ajudar, mas não repartir ou perder o que tem.

E, como sempre, há problemas mais perto de casa. Enquanto as emissoras de rádio e televisão prosseguem com suas cantilenas, as pessoas vão tocando seus negócios. Um casal acabou de se aprontar para uma viagem. As malas estão fechadas, mas há uma fotografia de sua mãe que a jovem mulher deseja levar. A pesada moldura esculpida é grande demais para ser posta na bagagem. Sem a ferramenta certa, a fotografia não pode ser removida, e a ferramenta, um tipo especial de chave, está no porão, no fundo de uma gaveta. O táxi espera lá fora. O trem parte dentro de cinquenta minutos, a estação fica um pouco longe, pode haver filas nos controles de segurança e de passaportes. O homem leva uma das malas para o patamar da escada e volta um pouco ofegante. Deveria ter usado as rodinhas.

"Agora temos mesmo que ir de qualquer maneira."

"Preciso levar essa foto."

"Leve debaixo do braço."

Mas, além de ter de puxar a mala, ela carrega a bolsa, o casaco branco e eu.

Com um gemido, Claude pega a segunda mala a fim de levá-la para fora. Com esse esforço inútil quer mostrar o quanto é urgente eles partirem.

"Você não vai demorar nem um minuto. Está no canto da frente da gaveta do lado esquerdo."

Ele volta. "Trudy. Estamos indo. Agora."

A troca de palavras passou de lacônica a amarga.

"Leva para mim."

"Nem pensar."

"Claude. É minha mãe."

"Estou pouco ligando. Estamos indo."

Mas eles não vão. Depois de todas as minhas considerações e revisões, lapsos de percepção, tentativas de autoaniquilamento e tristeza pela passividade, tomei uma decisão. Chega. A bolsa amniótica é o saco translúcido de seda, bom e forte, que me contém. Preserva também o fluido que me protege do mundo e de seus pesadelos. Não mais. Hora de entrar em ação. Acabar de uma vez por todas. Hora de começar. Não é fácil libertar meu braço direito, apertado contra o peito, ou movimentar o pulso. Mas agora isso foi feito. Um dedo indicador é a minha ferramenta especial para remover minha mãe da moldura. Duas semanas antes do tempo e unhas muito compridas. Faço a primeira tentativa de incisão. Minhas unhas são macias e, embora fino, o tecido é resistente. A evolução sabe das coisas. Tateio para encontrar a ranhura causada pelo meu dedo. Há uma dobra, bem definida, e é lá que tento de novo, até que na quinta investida sinto uma tênue esgarçadura e, na sexta, um minúsculo rompimento. Consigo enfiar a ponta da unha nesse rasgo, o dedo, dois dedos, três, quatro, até que por fim minha mão fechada abre o caminho e atrás dela vem um grande volume de líquido, a catarata do começo da vida. Minha proteção aquosa desapareceu.

Agora nunca saberei como a história da fotografia ou do trem das nove horas teria sido resolvida. Claude está fora do quarto, no alto da escada. Tem uma mala em cada mão, pronto para descer.

Minha mãe o chama com o que parece ser um gemido desapontado. "Ah, Claude."

"O que agora?"

"A bolsa rompeu!"

"Cuidamos disso depois. No trem."

Ele deve ter imaginado que se tratava de uma artimanha, da continuidade da discussão, um tipo repulsivo de problema feminino que ele está agitado demais para levar em conta.

Estou mexendo os ombros para me libertar da membrana embrionária, minha primeira experiência em matéria de me despir. Sou desajeitado. Três dimensões me parecem três a mais do que eu desejava. Prevejo que o mundo material será um desafio. O manto descartado continua retorcido em volta dos meus joelhos. Não faz mal. Tenho uma nova tarefa abaixo da cabeça. Não sei como sei o que devo fazer. É um mistério. Há certos conhecimentos com os quais simplesmente já chegamos. No meu caso, há este, e um punhado de escansões poéticas. Afinal, nenhuma lousa em branco. Trago a mesma mão à bochecha e a deslizo para baixo, ao longo da parede muscular do útero, a fim de achar o colo. Ele está bem apertado contra a parte de trás da minha cabeça. É lá, na entrada do mundo, que eu apalpo delicadamente com meus pequenos dedos e de imediato, como se alguma fórmula mágica houvesse sido pronunciada, o grande poder de minha mãe é estimulado, as paredes a meu redor se encrespam, tremem e se fecham sobre mim. É um terremoto, uma comoção gigantesca na caverna dela. Como o aprendiz de feiticeiro, fico horrorizado e depois esmagado pela força desencadeada. Eu deveria ter esperado a minha hora. Só um idiota se meteria com essa força. Ouço à distância minha mãe gritar. Pode ser um pedido de ajuda, quem sabe um berro de triunfo ou dor. Então sinto alguma coisa no topo da cabeça, minha coroa — um centímetro de dilatação! Não há volta.

Trudy se arrastou para a cama. Claude está em algum lugar perto da porta. Ela está arfando, excitada e muito assustada.

"Começou. Como é rápido! Chame uma ambulância."

Ele não diz nada por um momento, depois simplesmente pergunta: "Onde está meu passaporte?".

A derrota é minha, eu o subestimei. O objetivo de chegar mais cedo era para destruir Claude. Eu sabia que ele era um problema. Mas pensei que amava minha mãe e que ficaria com ela. Estou começando a entender a força mental de Trudy. Enquanto ele remexe a bolsa dela e se ouve o tilintar alegre das moedas contra o estojo de maquiagem, ela diz: "Escondi. Lá embaixo. Justamente caso isso acontecesse".

Ele reflete. Já comprou e vendeu propriedades, possuiu um arranha-céu em Cardiff, sabe como fechar um negócio. "Me diga onde está que eu chamo uma ambulância para você. E aí vou embora."

A voz dela é cautelosa. Observando de perto seu próprio estado, esperando, desejando e temendo a próxima onda. "Não. Se eu cair, você cai também."

"Ótimo. Sem ambulância."

"Eu mesma vou chamar. Assim que..."

Assim que tenha passado a segunda contração, mais forte que a primeira. De novo seu grito involuntário, o corpo todo se contraindo enquanto Claude atravessa o quarto para se aproximar da cama e desconectar da parede o telefone que estava na mesinha de cabeceira. Ao mesmo tempo, sou comprimido violentamente e erguido uns três ou quatro centímetros, sugado para baixo e para trás de onde estava hibernando. Uma cinta de ferro espreme mais e mais minha cabeça. Nossos três destinos esmagados por uma grande boca.

Assim que a onda reflui, Claude, como um guarda de fronteira, diz, impassível: "Passaporte?".

Ela sacode a cabeça, espera até retomar o fôlego. Os dois mantêm uma espécie de equilíbrio.

Ela se recupera e diz, sem emoção na voz: "Então você vai ter que fazer o papel da parteira".

"O filho não é meu."

"O filho nunca é da parteira."

Ela está apavorada, mas pode aterrorizá-lo com instruções.

"Quando ele sair, vai vir com o rosto para baixo. Você pega o bebê com as duas mãos, bem delicadamente, apoiando a cabeça dele, e põe em cima de mim. Ainda com o rosto para baixo, entre os meus seios. Perto de onde bate o coração. Não se preocupe com o cordão. Vai parar de pulsar sozinho, e o bebê começa a respirar. Ponha umas duas toalhas em cima dele para mantê-lo aquecido. E aí esperamos."

"Esperamos? Meus Deus! Esperamos o quê?"

"Que a placenta saia."

Não sei se ele se encolheu ou teve uma ânsia de vômito. Podia ainda estar imaginando que terminaria com aquilo e pegaria um trem mais tarde.

Ouço com atenção, querendo saber o que fazer. Me enfiar embaixo de uma toalha. Respirar. Não pronunciar uma única palavra. Mas não basta ser um bebê. Com certeza rosa ou azul!

"Por isso, vá buscar uma porção de toalhas. Vai ser uma sujeirada. Lave as mãos bem lavadas, com a escovinha de unhas e muito sabonete."

Tão longe de onde dava pé para ele, tão longe da costa acolhedora, um homem sem seus documentos deveria estar em plena fuga. Ele dá meia-volta para fazer o que lhe foi ordenado.

E assim seguem as coisas, onda atrás de onda, gritos e gemidos, súplicas para que a agonia tenha fim. Progresso impiedoso, ejeção em curso. O cordão se desenrola atrás de mim à medida que avanço lentamente. Para a frente e para fora. Forças cruéis da natureza pretendem me achatar. Atravesso uma região que, eu sei, um pedaço do meu tio frequentou com demasiada frequência indo na direção oposta. Não me preocupo. O que nos dias dele era uma vagina agora tem o orgulho de ser um canal de nascimento, meu Panamá, e sou maior do que ele, um imponente navio de genes, enobrecido pelo avanço sem pressa, transportando minha carga de informações antigas. Nenhum caralho ocasional pode competir com isso. Durante algum tempo, fico surdo, cego e mudo, tudo me dói. Mas a dor é maior para minha mãe, que, aos gritos, faz o sacrifício de todas as mães por suas crias de cabeça grande e pulmões vigorosos.

Um momento deslizante de urgência pegajosa, com sons ásperos, e aqui estou eu, trazido nu ao reino. Como o corajoso Cortés (lembro de um poema que meu pai recitou), estou pasmo. Olhando para baixo, maravilhado, para o que presumo ser a superfície felpuda de uma toalha de banho azul. Azul. Eu sempre soube, ao menos verbalmente, sempre fui capaz de deduzir o que era o azul — mar, céu, lápis-lazúli, gencianas — meras abstrações. Agora o tenho por fim, o possuo e ele me possui. Mais grandioso do que eu ousava crer. Isto é só o começo, na extremidade índigo do espectro.

Meu fiel cordão, que me mantinha vivo e não conseguiu me matar, de repente morre como planejado. Estou respirando. Que delícia. Meu conselho para os recém-nascidos: não chorem, olhem ao redor, sintam o sabor do ar. Estou em Londres. O ar é bom. Os sons são límpidos, brilhantes graças ao realce dos agudos. A resplandecente toalha, irradiando sua cor, evoca a mesquita de Goharshad no Irã que fez meu pai chorar nas primeiras horas de uma manhã. Minha mãe se mexe e faz com que minha cabeça mude de posição. Vejo Claude de relance. Menor do que eu imaginava, com ombros estreitos e cara de raposa. Sem a menor dúvida, com uma expressão de repugnância. A luz do sol do início da noite de verão atravessa as folhas de um plátano e projeta no teto desenhos tremulantes. Ah, a alegria de esticar as pernas, de verificar no despertador sobre a mesinha de cabeceira que eles jamais pegarão aquele trem. Mas não tenho muito tempo para saborear esse momento. Minha maleável caixa torácica é apertada pelas mãos enojadas de um assassino e sou posto na barriga hospitaleira, branca como a neve, de outra assassina.

As batidas de seu coração soam distantes, abafadas, mas são tão familiares quanto um velho estribilho que não ouvimos há décadas. O ritmo da música é um andante, passos delicados que me conduzem ao verdadeiro portão aberto. Não posso negar o medo que sinto. Mas estou exausto, um marinheiro náufrago que chegou a uma praia bem-afortunada. Estou caindo, mesmo enquanto o mar lambe meus tornozelos.

Trudy e eu devemos ter cochilado. Não sei quantos minutos se passaram até ouvirmos a campainha. Como ela soa claro. Claude ainda está aqui, ainda esperando obter seu passaporte. Ele deve ter descido para caçar o documento. Agora caminha até o interfone. Olha de relance a tela e dá meia-volta. Não pode haver surpresas.

"São quatro", ele diz, mais para si mesmo.

Contemplamos esse fato. Acabou. Não é um bom final. Nunca seria.

Minha mãe me muda de lugar para que possamos trocar um longo olhar. O momento pelo qual esperei. Meu pai tinha razão, é um rosto adorável. O cabelo mais escuro do que eu pensava, os olhos de um verde mais pálido, as bochechas ainda coradas por causa do esforço recente, o nariz de fato uma coisinha bem pequena. Acho que vejo o mundo inteiro nesse rosto. Belo. Amoroso. Assassino. Ouço Claude atravessar o quarto com passos resignados para descer até a porta. Nenhum clichê. Mesmo nesse intervalo de descanso, durante o longo e ávido olhar no fundo dos olhos de minha mãe, estou pensando no táxi que espera lá fora. Um desperdício. Hora de mandá-lo embora. E estou pensando na nossa cela — espero que não seja pequena demais — e, mais além de sua pesada porta, nos degraus gastos que sobem: primeiro a tristeza, depois a justiça, enfim o significado. O resto é caos.

1ª EDIÇÃO [2016] 7 reimpressões

ESTA OBRA FOI COMPOSTA PELO GRUPO DE CRIAÇÃO EM MERIDIEN E IMPRESSA PELA GEOGRÁFICA EM OFSETE SOBRE PAPEL PÓLEN DA SUZANO S.A. PARA A EDITORA SCHWARCZ EM JULHO DE 2025

A marca FSC® é a garantia de que a madeira utilizada na fabricação do papel deste livro provém de florestas que foram gerenciadas de maneira ambientalmente correta, socialmente justa e economicamente viável, além de outras fontes de origem controlada.